文學評論叢書
01

# 大陸文學與歷史

周玉山 著

東大圖書公司

國家圖書館出版品預行編目資料

大陸文學與歷史／周玉山著.——初版二刷.——
臺北市：東大，2011
面；　公分.——(文學評論叢書)

ISBN 978-957-19-2549-3　(平裝)

1. 中國文學－歷史－現代(1900-　)

820.908　　93015710



著作人　周玉山
發行人　劉仲文
著作財產權人　東大圖書股份有限公司
臺北市復興北路386號
發行所　東大圖書股份有限公司
地址／臺北市復興北路386號
電話／(02)25006600
郵撥／0107175-0
印刷所　東大圖書股份有限公司
門市部　復北店／臺北市復興北路386號
重南店／臺北市重慶南路一段61號
初版一刷　2004年10月
初版二刷　2011年11月
編　號　E 811120
行政院新聞局登記證局版臺業字第〇一九七號



ISBN　978-957-19-2549-3　(平裝)

http://www.sanmin.com.tw　三民網路書店

# 自序

一九七七年起，我在臺北木柵的山腰，度過青年歲月，走向中年深處。山腰的大門口，高懸十四個字，曰「國立政治大學國際關係研究中心」，我悠遊其間，自朝至暮，閱讀寫作，凡二十六年。二〇〇三年，轉赴世新大學任教，回望萬壽路，滿懷感激，就像來到世新一樣。

二十多年間，我寫了十本散文和論文，《大陸文學與歷史》即其一。大學聯考前夕，臨時換了報名表，放棄乙組，改填丁組。乙組是文學院，我只嚮往外文系，可選的志願太少，所以後來成為法學士。但是，由於不能忘情於文學，終以研究大陸文藝為業，兼及彼岸的歷史。文史對於我，果有不可思議的吸引力。

久經社會科學的洗禮，我當然也關心政治。在大陸，政治的力量過巨，文學和歷史都曾嚴重受害，如今情況好轉，仍未全免於難。大陸是父母的故鄉，也是我的文化祖國，十三億人民定居其內，兩岸關係的好壞，更牽動臺灣同胞的安危，我能視而不見嗎？從中學起，立志研究大陸，初意在澄清將來的黃河。現在，只盼以自己的十本書，還原黃河的部分現代史，包括現代文學史了。

不哭不笑，但求理解。這是斯賓諾莎的開示，我深然其言，願身體力行。本書撰寫期間，為了找資料，尤其是原始資料，多次奔波兩岸，著實白了些許頭髮。白髮換來黑字，鋪陳在注解中，讓當事人說當時話，則起毛澤東於地下，也不能否認史實了。

李瑞騰先生告訴大家，我在呼喚著文學的英魂。是的，文學是作家的志業，我為大陸作家請命，也為臺灣作家陳情，想到的是物傷其類。「黃昏裡點燃一盞燈，是誰傳下詩人這行業」？我無法使詩人既富且貴，只能也點一燈，驅散政治的暗影，照亮他們的前路。

因此，必須追溯中共的文藝政策，檢視其運作發展。誠如大陸作家所言，文藝政策是「驚鳥之弓」，若能盡棄，則文壇的河清可俟。我雖力量有限，總不忘呼籲，並不斷祝禱，百年暗室，一燈即明。

多年來，時常研閱《人民日報》，且與《聯合報》並覽，久而久之，興起比較之念，乃以副刊為例，證明《人民日報》擁抱大陸的現實政治，歌功頌德；《聯合報》批判兩岸的現實政治，犯顏直諫，二者對比強烈。若謂不信，任何一天的副刊皆可覆按。「《聯合報》是《人民日報》臺灣版」之說，必出自既不看《聯合報》，也不看《人民日報》者之口，我為臺灣的政客悲，更厭惡現實政治了。

好在還有文學，讓我透氣，吞吐為快。梁實秋先生誕生百年之際，還原他與魯迅的論戰，深感終生自由的重要。作家不黨不賣，作品方能傳世，這是中外文學史的常識。魯迅傳世的作品，執筆時都未擁抱現實政治，也都與文藝政策無關，這是不爭的事實。時序已入二十一世紀，中共的文藝政策還不退休嗎？

文學如此，歷史亦然。我不忍見政治干涉文學，也反對政黨和政權塗改歷史，復感於外界的輕忽，不得不提潛鈎沉，以求立信顯正。我據實為世人告，一九四九年以後，中共從未鼓吹民族主義，反而大加撻伐。當局提倡的愛國主義，是共產主義的工具，與民族主義頗有差異，根源則在文化。時人不察，謂中共為民族主義者，徒然換來彼之明怒和暗笑了。

「中共人物與五四運動」、「中共與抗戰」、「毛澤東與文革」等議題，兩岸學界乃至大陸內部，迭有爭論，未見止息，拙著或能補正大陸官書的缺失，還原相關的真貌。「歷史是勝利者的宣傳書」，湯恩比的感慨，於我心有戚戚焉。但是，誰屬勝利者？抗戰時期，日軍常居上風；文革時期，毛澤東與四人幫更不可一世，而今彼等安在？

最後的笑，才是真正的笑。眼看多位長輩，晚年與生命拔河，奮力寫出親歷的史實，不讓一黨之見獨占人間，我在深佩之餘，提早加入行列，盼能贏得最後的笑。「一個民族有海哭的時候，也有海笑的時候」。從不哭不笑，到最後的笑，這是一段漫長的過程，其中理解實情，還原真貌，多麼重要！

這樣的努力，假如未見出版，又有幾人知曉？三民兼東大的主人劉振強先生，六度為我出書，使我如旗有風，揚帆而抖擻，航向學術的海洋。感激，也是這樣的深。

# 大陸文學與歷史

## 目次

# 中共文藝政策溯源

## 一、前　言

中共文藝政策的主要根據，為一九四二年毛澤東在延安文藝座談會上的講話。該會召開的初衷，本在清算敢言的作家如王實味，並欲嚇阻同類的抗聲。因此，中共自有正式的文藝政策以來，即與文藝整風結下不解之緣。

毛澤東雖然偶作詩詞，但與中國傳統溫柔敦厚的詩教絕緣，也沒有獨創的文藝觀。無產階級文學的黨性思想，自馬克思和恩格斯首倡後，經列寧和斯大林發揚光大，為毛澤東所襲取，因此論及延安文藝講話的精神，宜先追溯其源。

## 二、馬克思和恩格斯的文藝觀

一八八三年三月十七日，恩格斯在馬克思墓前講話，說馬克思發現了人類歷史的發展規律，即歷來為繁茂蕪雜的意識形態所掩蓋的一個簡單事實：人們首先必須吃、喝、住、穿，然後才能從事政治、科學、藝術、宗教等活動。「所以，直接的物質的生活資料的生產，從而一個民族或一個時代的一定的經濟發展階段，便構成基礎，人們的國家設施、法的觀點、藝術以至宗教觀念，就是從這個基礎上發展起來的，因而，也必須由這個基礎來解釋，而不是像過去那樣做得相反。」❶這種「衣食先行論」，認定人類的行為，由物質的境遇所決定。這裡所謂物質，即指經濟基礎而言。因此，馬克思和恩格斯的文藝觀，首先就籠罩在唯物論之下。

依恩格斯之見，文藝一如政治、法律、哲學、宗教，其發展是以經濟發展為基礎。但是，它們又都相互影響，並對經濟基礎產生影響。人類創造自己的歷史，但在制約他們的一定環境中，在既有的現實關係基礎上創造。在這些關係中，儘管其他條件，例如政治和思想，對於經濟條件有很大的影響，但歸根究柢，經濟條件還是具有決定意義的，它構成一條紅線，貫穿全部發展進程，並以唯一的身分，使人類理解這個進程。❷與此同時，恩格斯卻又認為，並非只有經濟狀況才是積極的原因，其餘一切都不過是消極的結果，這總是經濟必然性基礎上的互相作用。既謂互相作用，則「唯一」之說便不免顯現矛盾，歷史唯物主義的絕對真理也就值得商榷了。

❶恩格斯，「在馬克思墓前的講話」，中共中央馬克思、恩格斯、列寧、斯大林著作編譯局編，收入《馬克思恩格斯選集》第三卷（二版，北京：人民出版社，一九九五年），頁七七六。

❷恩格斯，「致瓦・博爾吉烏斯」，中共中央馬克思、恩格斯、列寧、斯大林著作編譯局編，收入《馬克思恩格斯選集》第四卷（二版，北京：人民出版社，一九九五年），頁七三二。

早在一八四六年，馬克思和恩格斯就在「德意志意識形態」中主張，不是意識決定生活，而是生活決定意識。一八五九年，馬克思寫「政治經濟學批判」序言，又強調物質生活的生產方式，制約著整個社會生活、政治生活、精神生活的過程，不是人的意識決定其存在，而是社會存在決定其意識。隨著經濟基礎的變更，整個龐大的上層建築也就或緩或急地發生變革，在考察這些變革時，必須經常把物質的變革，與法律的、政治的、宗教的、藝術的、哲學的形態，即意識形態的形式分別清楚。這個意識，必須從物質生活的矛盾中，從社會生產力和生產關係的現存衝突中解釋。❸馬克思此說，卻無法解釋諸多現象，例如文藝作品的永恆價值，往往不受物質變革的影響，也不一定要從物質生活的矛盾中證明，宗教亦然。

沒有對資產階級的撻伐，就沒有馬克思主義。馬克思和恩格斯在《共產黨宣言》中，指控資產階級，抹去了一切向來受人尊崇和令人敬畏的職業靈光，把醫生、律師、教士、詩人和學者，變成了它出錢雇用的勞動者。❹後來，馬克思在「剩餘價值理論」中又表示，作家所以是生產勞動者，並不是因為他生產出觀念，而是因為他使出版其著作的書商發財。換言之，只有在他身為某一資本

❸馬克思，「《政治經濟學批判》序言」，收入《馬克思恩格斯全集》第十三卷（初版二刷，北京：人民出版社，一九六五年），頁九。

❹馬克思和恩格斯，《共產黨宣言》，中共中央馬克思、恩格斯、列寧、斯大林著作編譯局編，收入《馬克思恩格斯選集》第一卷（二版，北京：人民出版社，一九九五年），頁二七五。

家雇用的勞動者時，他才是生產的。❺二十世紀三十年代前夕，魯迅即指梁實秋為「喪家的資本家的乏走狗」。四十年代，毛澤東在延安文藝座談會上，又對梁實秋點名批判。凡此或受馬克思的影響，但去真正的文學批評更遠了。

資本主義社會的文藝可議，共產主義條件下的文藝將如何？馬克思和恩格斯預言，在共產主義的社會組織中，完全由分工造成的藝術家，屈從於地方和民族局限的現象，無論如何會消失，個人局限於某一藝術領域，僅僅當一個畫家、雕刻家等，因而只用他活動的一種稱呼，就足以表明其職業發展的局限，及其對分工的依賴這一現象，也會消失。在共產主義社會裡，沒有單純的畫家，只有把繪畫當做自己多種活動中一項的人。❻這種觀點，接近孔子所說的「君子不器」，但馬克思鼓吹的階級鬥爭，則迥異於孔子強調的「和為貴」，是為二者最大的差異。

馬克思和恩格斯認為，從封建社會廢墟上發生的近代有產社會，並沒有廢除階級對抗，社會漸次分為兩大對壘的營寨、兩大敵視的階級，即有產階級和無產階級。社會由階級組成，有階級即有壓迫，也就有鬥爭，因此，向來一切的社會，都建立在壓迫階級與被壓迫階級的對抗上。❼至於資

---

❺馬克思，「剩餘價值理論」，收入《馬克思恩格斯全集》第二十六卷第一冊（初版，北京：人民出版社，一九七二年），頁一四九。

❻馬克思、恩格斯，「德意志意識形態」，收入《馬克思恩格斯全集》第三卷（初版二刷，北京：人民出版社，一九六五年），頁四六〇。

❼同❹，頁二八四。

本主義的生產，和某些精神生產部門是敵對的，藝術與詩歌就是如此。❽恩格斯進一步強調，無產階級對四周壓迫環境所做叛逆的反抗，為了恢復自己做人地位的劇烈努力，無論是半自覺或自覺的，都屬於歷史，也應當在現實主義的領域內，占有自己的地位。❾後來的俄共與中共，都重視現實主義，而有社會主義現實主義之鼓吹。

什麼是現實主義？恩格斯主張，除細節的真實外，還要真實地再現典型環境中的典型人物。❿中共對此，可謂拳拳服膺。一九六六年二月，江青在上海主持部隊文藝工作座談會，事後寫了一份紀要，經毛澤東三次親自審閱和修改才定稿，其中即強調「創造典型人物」。不過，恩格斯也認為，政治傾向應當從場面和情節中自然流露，不應特別指點；同時，作家不必把所述社會衝突的解決辦法硬塞給讀者。此外，如果一部具有社會主義傾向的小說，透過對現實關係的真實描寫，來打破流行的傳統幻想，動搖資產階級世界的樂觀主義，引起對現存事物永世長存的懷疑，則作者即使沒有提出任何解決之道，甚至有時並未明確表達自己的立場，這部小說也完成了自己的使命。⓫進而言之，作者的見解愈隱蔽，對藝術作品來說就愈好。此處的現實主義，甚至可以違背作者的見解而表

❽引自徐瑜，《中共文藝政策析論》（臺北：中國文化大學出版部，一九八六年），頁一一七。
❾恩格斯，「致瑪・哈克奈斯」，收入❷引書，頁六八三。
❿同❾。
⓫恩格斯，「致敏・考茨基」，收入❷引書，頁六七四。

露出來。⓬這樣的看法，就不是中共文藝政策的主流了。

恩格斯本於現實主義，批評席勒，肯定莎士比亞，更推崇巴爾札克，認為後者是比過去、現在和未來所有的左拉，都要偉大得多的現實主義大師。巴爾札克的偉大作品，是對上流社會必然崩潰的一曲無盡的輓歌。⓭至於無產階級文學家何在？恩格斯沒有確切的答案，畢竟，巴爾札克在政治上還是一個正統派。一八九三年，恩格斯為《共產黨宣言》意大利文版寫序，表示《宣言》十分公正，承認資本主義在先前所起過的革命作用，而意大利正是第一個資本主義民族。他斷然指出，封建中世紀的終結，和現代資本主義紀元的開端，是以一位大人物為標誌的，即意大利的但丁。但丁是中世紀的最後一位詩人，同時也是新時代的最初一位詩人。「現在也如一三〇〇年間那樣，新的歷史紀元正在到來。意大利是否會給我們一個新的但丁，來宣告這個無產階級新紀元的誕生呢？」⓮一百多年來，無論在意大利或中國，無產階級的但丁都未出現，中共文藝政策的嚴密，阻擋了那人的到來。

一八四五年起，馬克思和恩格斯在與青年黑格爾派論戰時，即執文藝作品的黨性原則以攻，強調要用階級鬥爭的方式，捍衛共產主義政黨的利益。他們在與海因岑激辯時，也都嘲笑了超階級的全人類利益說。恩格斯並且表示，黨刊的任務，首先是組織討論，論證、闡發和捍衛黨的要求，駁

⓬同❾。
⓭同❾，頁六八四。
⓮恩格斯，「《共產黨宣言》一八九三年意大利文版序言」，收入《馬克思恩格斯選集》第一卷，頁二七〇。

斥和推翻敵對黨的妄想和論斷。⓯凡此觀點，後來多為毛澤東所重彈。然而馬克思和恩格斯畢竟都只是書生，因此反對官方的文化檢審制度，並曾為言論自由而辯護。毛澤東則集中共的黨政軍大權於一身，為鞏固政權，就充當文學的檢察官了。毛澤東與馬克思的差異部分，表現於許多在朝統治者與在野理論家之間。

## 三、列寧的文藝政策

馬克思和恩格斯的思想傳開後，列寧以職業革命家的身分，逐漸成為解釋馬克思主義的最強音，也更重視文藝促進革命的實用性。⓰列寧認為，俄國革命不是如馬克思主義空談家所描繪的，所以他常修改馬克思主義。他並非普列漢諾夫式的馬克思主義理論家，而是一個革命的理論家，所寫千言萬語，都集中於革命的理論與實踐，他只對一件事有興趣，即奪取政權和達此目的之實力。⓱因此，文藝成為他奪取政權的工具，無產階級和黨性尤為其所強調。較之馬克思和恩格斯，他更漠

⓯ 恩格斯，「共產主義者和卡爾・海因岑」，收入《馬克思恩格斯全集》第四卷（初版三刷，北京：人民出版社，一九六五年），頁三〇〇。

⓰ 陳冠中，「馬克思主義文學理論的再評價」，《明報月刊》（香港），第一七三期（一九八〇年五月），頁三九。

⓱ 貝爾查也夫著，鄭學稼譯，《俄羅斯共產主義之本原》（初版，臺北：中央文物供應社，一九五四年），頁一二一。

視文藝本身的價值。

一九〇五年十月，俄國革命黨在政治總罷工後，醞釀十二月的武裝行動。列寧於十一月發表「黨的組織和黨的出版物」，該文後來成為俄共與中共文藝政策的張本，其重要可知。在他的筆下，此時沙皇制度已經沒有力量戰勝革命，革命也還沒有力量戰勝沙皇制度，但無論如何，已經完成了一半的革命。所以，出版物應當成為黨的出版物，社會主義無產階級應當提出黨的出版物原則，發展並且實現。原則是什麼呢？寫作事業不能是個人或集團的賺錢工具，而且根本不能是與無產階級總事業無關的個人事業，必須是一部分，成為社會民主主義機器的齒輪和螺絲釘。寫作事業還應成為社會民主黨有組織、有計畫、統一的黨工作的組成部分。因此，他高呼「無黨性的寫作者滾開！超人的寫作者滾開！」⓲此處的兩個「滾開」，已是修正後的新譯。毛澤東有生之年，看到的這兩句，是「打倒非黨的文學家！打倒超人的文學家！」⓳題目則為「黨的組織和黨的文學」。literature原譯為文學，但用之於此，的確窄化了列寧的文意，現譯為出版物，方較貼切。毛澤東受到原來中譯本的影響，對於非黨的文學家，必打倒而後快，大陸文壇遂成其統治下的重災區，作家的苦難也就既深且重了。

---

⓲列寧，「黨的組織和黨的出版物」，收入《列寧論文學與藝術》（初版，北京：人民文學出版社，一九八三年），頁六八。

⓳列寧，「黨的組織和黨的文學」，收入《列寧全集》第十卷（初版二刷，北京：人民出版社，一九六〇年），頁二五。

「任何比喻都有缺陷」，德國人如是說。列寧承認，把寫作事業比做螺絲釘，把生氣勃勃的運動比做機器，也是有缺陷的。他在此設想，也許有一些歇斯底里的知識分子，會對這種比喻大叫大嚷，說這樣就把自由的思想鬥爭、批評的自由、創作的自由等貶低了、僵化了、「官僚主義化了」。他認為，這種叫嚷只能是資產階級知識分子個人主義的表現。他也承認，無可爭議，寫作事業最不能機械劃一，強求一律，少數服從多數。在這個事業中，絕對必須保證有個人創造和愛好、思想和幻想，形式和內容的廣闊天地。可是，他話鋒一轉，認為這一切只證明，無產階級黨的事業中，寫作事業這一部分，不能和其他部分刻板地等同起來，但仍須緊密聯繫，成為社會民主黨工作的一部分。報紙應當成為各個黨組織的機關報，寫作者一定要參加到各個黨組織中，出版社和發行所、書店和閱覽室、圖書館和各種書報營業所，都應當成為黨的機構，向黨報告工作。有組織的社會主義無產階級，應當注視並監督這一切工作，把無產階級的精神，帶到這一切工作中，無一例外。⑳在此「無一例外」聲中，列寧替寫作事業打造了一個籠子，宣稱籠內有廣闊天地，可以思想和幻想。這個籠子是他的出版政策，也被視為文藝政策。

列寧當時在野，為了奪取政權，必然重視組黨。在他看來，黨是自願的聯盟，假如不清洗那些宣傳反黨觀點的黨員，就不可避免會瓦解，首先在思想上瓦解，然後在物質上瓦解。因此，他告訴擁護批評自由的先生們，無產階級也會經常定期清洗自己的黨。所謂清洗，主要是思想上的掃除，工具正是黨的出版物，所以應受黨的監督。至於絕對自由的言論，他認為不過是一種偽善而已。「作

⑳同⑱，頁六九。

家先生，你們能離開你們的資產階級出版家而自由嗎？你們能離開那些要求你們作穢淫的小說和圖畫，用賣淫來『補充』『神聖』舞臺藝術的資產階級公眾而自由嗎？要知道，這種絕對自由是資產階級的或者說是無政府主義的空話。」❷❶此說接近馬克思和恩格斯的觀點，而措詞更為直露，其目的在用與無產階級相聯繫的寫作，對抗與資產階級相聯繫的寫作。他樂觀預言，這將是自由的寫作，因為把一批又一批新生力量吸引到寫作隊伍中的，不是私利貪欲，也不是名譽地位，而是社會主義思想對勞動人民的同情。❷❷這個「自由寫作」的理想，後來被斯大林和毛澤東打破，甚至，被執政後的列寧自己所推翻，剩下來的，就只是階級性和黨性了。

一九二〇年十月五日至十二日，全俄無產階級文化協會在莫斯科舉行第一次代表大會，此時業已執政的列寧，要盧那察爾斯基在大會上發言，提出協會必須接受教育人民委員部的指導，成為後者的附屬機構。盧那察爾斯基卻表示，協會在該部中完全自治。列寧聞訊甚怒，為之嚴厲批評。大會乃根據列寧的草案，擬定決議，一致通過，其要點如下：（一）蘇維埃工農共和國的整個教育事業，無論一般的政治教育，或專門的藝術教育，都必須貫徹無產階級的階級鬥爭精神，順利實現無產階級專政之目的。（二）無產階級透過它的先鋒隊共產黨，和所有一般無產階級的組織，應當做為最主要的成分，積極參與整個國民教育事業。（三）只有馬克思主義的世界觀，才正確反映了革命無產階級的利益、觀點和文化。（四）只有在馬克思主義的基礎上，按照這個方向，在無產階級

❷❶同❶❽引書，頁七一。

❷❷同❷❶。

專政的實際經驗鼓舞下，繼續進行工作，才能發展真正無產階級的文化。（五）全俄無產階級文化協會堅持此一原則觀點，堅決反對一切在理論上是錯誤的、在實踐上是有害的企圖，例如把教育人民委員部和協會的工作範圍截然分開，或者在該部機構中實行協會的「自治」等。相反地，代表大會認為，協會的一切組織，必須無條件地把自己看做教育人民委員部機關系統中的輔助機構，並且在蘇維埃政權（特別是教育人民委員部）和俄國共產黨的總領導下，把自己的任務當做無產階級專政任務的一部分來完成。㉓此時的列寧，既不提寫作的自由，也反對協會的自治，只強調其附屬於政權，並須接受黨的領導，為無產階級專政而效力。凡此種種，無異要求文化為政治服務。文藝是文化的一環，自然也要為共產黨服務。這些清規戒律，俄共與中共拳拳服膺，難為了俄國與中國的作家和藝術家，造成了許多慘痛。

列寧在一生中，很少有時間能夠集中精力研究藝術，他對俄國革命時期形成的新文藝形式，大部分都無法過問。他曾經坦言：「我感到遺憾的是，過去沒有時間，將來也不會有時間來研究藝術。」㉔世人感到遺憾的是，他無暇研究藝術，卻制訂了文藝政策。自一九二〇年末，至一九二二年中，數以百計的作家遭其迫害，其中包括伊凡諾夫、安德列夫、謝米列夫等人，紛紛逃亡在外。他還成立「全俄無產階級作家聯盟」、「革命俄羅斯藝術家聯盟」、「俄羅斯無產階級音樂家聯盟」等

㉓ 列寧，「論無產階級文化」，收入⑱引書，頁一二〇。
㉔ 盧那察爾斯基，「列寧和藝術」，收入⑱引書，頁四二二。

團體，並設置地區分會，皆由共產黨掌控，成為後來「中國左翼作家聯盟」的藍本。㉕列寧文藝政策的理論與實際，都搬上中共的舞臺，而且擴大演出，演出悲劇。

## 四、斯大林的文藝政策

從列寧到毛澤東，都主張文藝與政治的普遍關係，而且強調要透過政黨，發揮文藝的政治作用。㉖中共迄今依然堅持的共產黨領導，在文藝方面可上溯於此。不過，列寧畢竟掌權數年後即告棄世，文藝政策未能全面實施，因此俄國文學史最黑暗的一面，是由斯大林寫下的。他身為總書記，是黨的代表者，黨控制文學，等於他自己戴著月桂冠。他透過黨，用物質支配精神，凡有利於他的作品，或是他這派的文學，出版機構就給予特別的便利，並賞賜金錢，每一文學工作者，除非能生活在真空中，否則就要充當斯大林的宣傳家。㉗至於不甘就範者，或死於非命，或受到拘押，形成一個恐怖的文壇。斯大林的女兒史微拉娜，成為最真實的見證者：「一位作家的作品，第一個批評家是憲兵隊和警察。在沙皇時代的俄國，果戈里或謝西林都不會為了諷刺過甚而受審訊，他們也不

㉕同❽，頁二六。
㉖黃繼持，「毛澤東文藝思想淺析」，《明報月刊》，第一八〇期（一九八〇年十二月），頁三八。
㉗鄭學稼，「論史大林的文藝政策」，見《由文學革命到革文學的命》附錄（三版，香港：亞洲出版社，一九七〇年），頁一三八。

曾為了嘲笑俄國生活的荒唐而受懲罰，但是現在，你可以為了一個比喻便受審判，為了一個修辭而被關進勞工營。」㉘斯大林的所作所為，有其言論的脈絡可尋，更是他文藝政策下的必然產物。

斯大林一如列寧，非常重視黨的組織和黨的出版物，列寧主張的強硬面，更為他所加倍繼承。早在一九二三年四月十七日至二十五日，俄共第十二次代表大會期間，斯大林就強調，報刊在黨和工人階級之間，建立了一種微妙的聯繫，就其力量來說，無異於任何群眾性的傳達機關。有人說，報刊是第六個強國，它有力量，作用很大，這是無可爭辯的。報刊是黨每日每時用自己所需要的語言，向工人階級講話的最有力武器。其他在黨和階級之間架設精神導線的方法，同樣靈活的機關，在天地間是沒有的。㉙正因為如此，他要求共產黨特別注意這方面。後來，毛澤東果然特別注意及此，一九四二年十月二十八日，他為中共中央書記處起草指示，要求各地中央局和中央分局，改正過去不討論新聞政策與社論方針的習慣，抓緊對通訊社及報紙的領導，務使通訊社及報紙的宣傳，完全符合黨的政策，用以增強黨性。㉚《解放日報》當時發表了許多文件，皆與如何使報紙增強黨性有關，他便訓令拿來教育自己的宣傳人員，克服彼等鬧獨立性的傾向。由此可知，黨性與獨立性的衝突，普遍出現在共產黨世界，不分俄共與中共，也無論報紙或文壇。

---

㉘「史微拉娜回憶錄」，引自❽，頁三六。
㉙斯大林，「談談報刊」，收入《斯大林論文學與藝術》（初版，北京：人民文學出版社，一九五九年），頁九八。
㉚毛澤東，「增強報刊宣傳的黨性」，收入《毛澤東新聞工作文選》（初版，北京：新華出版社，一九八三年），頁九七。

一九二二年四月，俄共第十一屆中央委員會就選出斯大林任總書記。一九二四年一月二十一日，列寧逝世。此後至一九五三年，斯大林長期執政，不讓「恐怖的伊凡」專美於前。一九二五年六月十八日，俄共中央通過「關於文藝領域上的黨的政策」決議，強調文藝領域的鬥爭，一如階級鬥爭，還未終熄，因此對於批評問題，應該一刻也不出共產主義的立場，一步也不離無產階級的意識形態，明示文學的階級意義，對文學上反革命的表現，毫不寬容地鬥爭。㉛一九二九年二月二日，斯大林函覆友人時表示，在文藝和戲劇方面，提出「右傾分子」和「左傾分子」的問題，本身是不正確的。「右傾」或「左傾」的概念，在當時的俄國，是黨的概念，更確切地說，是黨內的概念。「右傾分子」或「左傾分子」，就是離開真正黨的路線，而傾向某一方面的人。如果在文藝界運用階級方面的概念，甚至「蘇維埃的」、「反蘇維埃的」、「革命的」、「反革命的」等概念，那才是最正確的。㉜由此可知，俄共中央與斯大林本人，都以「反革命」的罪名，加諸文壇的異端，而為毛澤東所效尤。

一九三二年十月二十六日，斯大林在高爾基的寓所裡，召集四十多位作家開會，提出社會主義現實主義的口號，重點在藝術家必須知道馬克思和列寧的理論，也應表現社會主義的生活。㉝從此，該口號成為蘇聯和其他社會主義國家的主導藝術方法，形同順生逆死的文藝刑法。依照這種功能，

㉛同❽，頁二七。
㉜斯大林，「答比爾—別洛采爾科夫斯基」，收入㉙引書，頁五五。
㉝陳繼法，《馬克思列寧主義藝術論》（初版，臺北：黎明文化公司，一九七四年），頁一〇〇。

藝術家是共產黨另一種形式的製藥工人，藝術品是黨性的思想藥物。[34]一九三四年九月一日，第一次蘇聯作家代表大會閉幕時，通過了「蘇聯作家協會章程」。一九三五年十一月十七日，蘇聯人民委員會也批准了該章程，社會主義現實主義正式列入其中，可謂具備了法律的地位，其殺傷力已有斑斑的血跡可證。

章程開宗明義，工人階級為社會主義而鬥爭的勝利，保證了文學、藝術、科學的發展，與整個文化成長的特殊可能性。一九三二年四月二十三日，俄共中央決議，指示創立單一的作家協會，聯合黨與非黨的文學力量。同時，它也指示了蘇聯文學成長、思想和創作的道路。該協會認為，文學及其藝術技巧、思想和政治的成長，決定條件是：文學運動與黨和蘇維埃政權的政策，有密切和直接的聯繫，作家積極參加社會主義建設，以及對具體現實的深刻研究。在無產階級專政的年份中，蘇聯文學和文學批評，與工人階級一同前進，由共產黨所領導，已經創造出自己的新原則，在社會主義現實主義中，找到了主要的表現。社會主義現實主義是蘇聯文學和文學批評的基本方法，要求藝術家從現實的革命發展中，真實地、歷史地、具體地描寫現實，並用社會主義的精神，從思想上改造和教育勞動人民。[35]上述種種，毛澤東在延安文藝講話中多所引用，而且付諸實現。

斯大林的文藝政策，集中陳列在這份章程中，它明列作家協會的目的與任務如下：（一）蘇聯作家用自己的藝術創作，積極參加社會主義建設，描寫無產階級的階級鬥爭，以社會主義的精神，

[34] 同[33]，頁一〇二。
[35] 周揚編，《馬克思主義與文藝》（初版，北京：作家出版社，一九八四年），頁二五四。

教育廣大勞動群眾，來保衛工人階級利益和鞏固蘇聯。(二) 在廣大人民群眾中宣傳藝術創作，將熟練作家和批評家的創作經驗傳授給青年作家，與職工會、共青團組織和工農紅軍政治部共同工作，與工人、集體農莊莊員和紅軍士兵的文藝小組共同工作，藉此從三者中間培養新作家。(三) 在社會主義現實主義的基礎上，促進作家創作形式、風格和體裁的全面發展。(四) 交換各兄弟共和國作家和批評家的創作經驗，翻譯各民族的藝術作品，藉此發展各兄弟民族的文學。(五) 蘇聯作家在藝術創作中，以反映資本主義國家和殖民地國家勞動人民的英勇鬥爭，來參與國際革命運動，藉此加強對作家的國際教育。(六) 創造特殊科學的文學，組織科學的報告和討論，具體研究各個作家的創作，並批判地分析他們的作品，藉此對社會主義現實主義問題，做進一步的理論探究。(七) 作家協會的總目的，是創造具有高度的藝術意義，充滿國際無產階級的英勇鬥爭，和社會主義勝利的力量，反映出共產黨偉大智慧和英雄主義的作品。㊱此處第二個任務，即為毛澤東所抄襲，而在延安鼓吹工農兵文學；其他各項亦見移植，形成文壇的全面俄化。

上述斯大林的文藝政策，執筆人為其親信日丹諾夫。後者另外重申以下指令：(一) 藝術家首先要知道生活，以便在藝術作品中，把它真實的描寫出來，但非繁瑣、死板、簡單的描寫「客觀的現實」，而是要從革命發展中動筆。(二) 文藝作品的主要主人翁，就是新生活的積極建設者，包括男女工人、集體農場場員、黨員、經濟工作人員、工程師、青年團員、兒童團員，是蘇聯文學的主要典型和主要人物。(三) 必須和舊型的浪漫主義斷絕關係，因為它描寫不存在的生活與人物，而

㊱同㉟，頁二五六。

且把讀者從生活的矛盾和壓迫中，引到不可能實現的烏托邦世界。㊲日丹諾夫是俄共中央書記處書記，平日負責理論工作，斯大林整肅作家時，他則充當劊子手，一如「文革」前的周揚。斯大林曾謂：「作家是人類靈魂的工程師。」此語貌似稱頌，實為訓令。共產黨領袖欲改造人類的靈魂，乃思借作家之力，但作家本身須先接受改造，方克有濟。這樣的邏輯，使得作家承受絕大的壓力，身心遭到無比的摧殘，斯大林統治下的俄國如此，毛澤東統治下的中國亦然。

## 五、結　論

一九四二年五月，毛澤東在延安文藝座談會上強調，文藝是整個共產黨革命機器的一部分，也是團結和教育人民，打擊和消滅敵人的有力武器。為達此目的，應該解決五個問題：（一）要站在無產階級和人民大眾的立場。對共產黨而言，也就是要站在黨的立場，黨性和黨政策的立場。（二）態度問題——對敵人要暴露和打擊，對同盟者既聯合又批評，對自己人則歌頌和讚揚。（三）工作對象問題——文藝作品的接受者是各級幹部、部隊的戰士、工廠的工人、農村的農民。（四）工作問題——首先要了解熟悉工農兵。知識分子出身的文藝工作者，欲使作品受群眾歡迎，就得先改造

㊲日丹諾夫，「論文學、藝術與哲學諸問題」，同❽引書，頁三四。

自己的思想感情。（五）學習問題——要學習馬列主義和學習社會。㊳至此，毛澤東正式交付他的文化軍隊各項任務，並為轄下的作家定了各條戒律，包括要先改造自己。中共向以文藝為鬥爭的工具，三十年代如此，有了安身立命的據點延安後，毛澤東為求生存和發展，就更強調文藝的武力說，且將其進一步政治化與教條化，無異標誌一個自由寫作時代的全盤結束。

共產黨慣於人類身上貼標籤，然後根據「利用矛盾，爭取多數，反對少數，各個擊破」的原則，執行既聯合又鬥爭的統戰策略，此為毛澤東在延安文藝講話中所不諱言。他以工人、農民、兵士和城市小資產階級四種人，占當時全國人口百分之九十以上，因此奉斯大林為師，主張文藝為工農兵服務。他又重複列寧所說，文藝是整個無產階級機器中的齒輪和螺絲釘，位置業已擺好，所以絕無自由運作的可能。他直言文藝必須為政治服務，製造矛盾和鬥爭的典型化，至於為藝術的藝術、超階級的藝術、和政治並行或相互獨立的藝術，「實際上是不存在的」。他為了向這些「不存在」的敵人宣戰，數十年來展開多次整風和運動，連千萬人頭落地都不惜，萬馬齊瘖、百花凋零又豈為其所掛意？一九四九年以前，中共統治區已有王實味事件和蕭軍事件等；一九四九年以後，被污辱與被損害的作家更難以計數。此固拜毛澤東個人之賜，實亦因政策使然。

毛澤東業已離世多載，死靈魂仍附著於中共的文藝政策中，可謂其來有自。毛澤東身兼中共的列寧和斯大林，此種雙重身分，已成歷史定論，因此，過去的俄共可以全面批判斯大林，現在的中

㊳毛澤東，「在延安文藝座談會上的講話」，收入《毛澤東選集》第三卷（十一刷，北京：人民出版社，一九六四年），頁八四九～八八〇。

共則無法全盤否定毛澤東。就文藝政策本身觀之，毛澤東確也同時抄襲了列寧和斯大林，造成大陸文壇的蘇維埃化，其全面的悲劇，至「文革」達一高峰。蘇維埃文學在理論上，本於馬列主義；在實施上，採用官僚的極權主義，因此內容千篇一律，而且只許豪奴吆喝，歌功頌德。鄭學稼先生指出，自有人類歷史以來，從未出現過這類的文學，它比專制王朝「宮廷詩人」的作品，更加枯燥無味和低級。❸❾尤有甚者，此種文藝政策常有滅口之舉，從高爾基到老舍，無論他殺或自殺，都成為其下的犧牲者，而且皆非特例，背後都有長串的死亡名單。政策可以殺人，已屬歷史常識了。

政治原是一門藝術，自宜重視中庸之道。對共產黨領袖而言，藝術卻是政治的一部分，因此有文藝政策之設。早在三十年代前夕，梁實秋先生在與魯迅論戰時就指出，文藝而可以有政策，本身就是名詞上的矛盾。俄共頒布的文藝政策，只是兩種卑下心理的顯現，一是暴虐，以政治手段剝削作者的思想自由；一是愚蠢，以政治手段強求文藝的清一色。❹⓿昔日的俄共如此，後來的中共亦然，因為中共的文藝政策原就脫胎於俄共。大陸作家早已呼籲，要改變驚弓之鳥的現象，首應消滅驚鳥之弓。此弓即為文藝政策，長期以來由中共領袖和文藝幹部掌握，偶有鬆手之時，但無棄弓之日。若棄弓有日，則真正的百花齊放，方會在大陸文壇出現。

❸❾ 鄭學稼，《十年來蘇俄文藝論爭》，著者自印本（初版，臺北：一九六三年），頁一。

❹⓿ 梁實秋，「所謂『文藝政策』者」，原收入《偏見集》，後收入《梁實秋論文學》（初版，臺北：時報文化出版公司，一九七八年），頁二九二。

# 中共文藝政策演展

## 一、前　言

中共的文藝政策，牽動大陸文藝工作者的思想、言行、創作乃至生命，影響至深且鉅，其中毛澤東與鄧小平的文藝政策，是為兩大主軸。

一九四九年十月一日，中共在北京建立政權。稍早的七月，中共於軍事勝利之餘，召開第一次文學藝術工作者代表大會，由郭沫若任總主席，茅盾和周揚任副總主席。八百二十四名代表聆聽了毛澤東、朱德、周恩來的訓示，後者強調文藝工作者要表現新時代，就必須高舉毛澤東思想的旗幟，貫徹文藝為工農兵服務的方向。與會者也紛紛表態，謂毛澤東在延安文藝座談會上的講話，雖屬七年前的指示，現仍完全正確和適用，是今後文藝工作者實踐的方向。❶大會在向毛澤東致敬後閉幕，宣言中重申其文藝方針的卓越，並矢志繼續遵辦。由此可知，中共不以清算王實味等人為滿足，且認定毛澤東的文藝政策，有助於大陸的赤化。這種成果驗收，加重了對作家的控制，也反彈到中共

❶王瑤，《中國新文學史稿》（下冊）（修訂重版，上海：文藝出版社，一九八二年），頁六〇五。

自身。

## 二、毛澤東的文藝政策

一九四二年五月，毛澤東在延安文藝座談會上指出，文藝是整個共產黨革命機器的一部分，也是團結和教育人民、打擊和消滅敵人的有力武器，為達此目的，應該解決五個問題：（一）要站在無產階級和人民大眾的立場。對共產黨而言，也就是要站在黨的立場，黨性和黨政策的立場。（二）態度問題——對敵人要暴露和打擊，對同盟者既聯合又批評，對自己人則歌頌和讚揚。（三）工作對象問題——文藝作品的接受者是各級幹部、部隊的戰士、工廠的工人、農村的農民。（四）工作問題——首先要了解熟悉工農兵。知識分子出身的文藝工作者，欲使作品受群眾歡迎，就得先改造自己的思想感情。（五）學習問題——要學習馬列主義和學習社會。❷

至此，毛澤東正式交付他的文化軍隊各項任務，並為轄下的作家定下各種戒律。中共向以文藝為鬥爭的工具，三十年代如此，有了安身立命的據點延安後，毛澤東為求生存和發展，就更強調文藝的武力說，且將其進一步政治化與教條化，無異標誌一個自由寫作時代的全盤結束。毛澤東明言，「還是雜文時代，還要魯迅筆法」的觀念，不適用於中共統治地區，所以他雖然設立魯迅藝術文學

---

❷毛澤東，「在延安文藝座談會上的講話」，收入《毛澤東選集》第三卷（十一刷，北京：人民出版社，一九六四年），頁八四九～八八〇。

院，卻派魯迅的死敵周揚為院長，在表面崇魯的背後，極力扼殺其弟子延續下來的抗議精神。

共產黨慣於人類身上貼標籤，然後根據「利用矛盾，爭取多數，反對少數，各個擊破」的原則，執行既聯合又鬥爭的統戰策略，此為毛澤東在延安文藝講話中所不諱言。他以工人、農民、兵士和城市小資產階級四種人，占當時全國人口百分之九十以上，因此奉斯大林為師，主張文藝為工農兵服務，而不惜違反馬克思批評和摒棄農民的本意。所謂城市小資產階級，可以三十年代文人為代表，原喜追求個性的表現，難脫自由主義的氣息，毛澤東為吸引他們到延安，乃極盡統戰之能事，這篇對作家既拉攏又威嚇的講話，主要就是針對已從城市到延安者的不滿而發。

毛澤東重複列寧所說，文藝是整個無產階級機器中的齒輪和螺絲釘，位置業已擺好，所以絕無自由運作的可能。他直言文藝必須為政治服務，製造矛盾和鬥爭的典型化，至於為藝術的藝術、超階級的藝術、和政治並行或互相獨立的藝術，「實際上是不存在的」。他為了向這些不存在的敵人宣戰，數十年來展開多次的整風和運動，一九四九年以前，中共統治區已有王實味事件❸和蕭軍事

❸ 一九六二年一月二十日，毛澤東在擴大中共中央工作會議上說：「還有個王實味，是個暗藏的國民黨探子，在延安的時候，他寫過一篇文章，題名『野百合花』，攻擊革命，污蔑共產黨。後來把他抓起來，殺掉了。」見毛澤東，「在擴大的中央工作會議上的講話」，收入《毛澤東思想萬歲》第一輯（一九六九年八月編印，一九七四年中華民國國際關係研究所複製），頁四二一。

件❹等；一九四九年以後，被污辱與被損害的大陸作家更難以計數了。此固拜毛澤東個人所賜，實亦因政策使然，毛死後大陸作家仍遭迫害整肅，即為明證。

一九五一年五月，中共發動成立政權後的首次文藝整風，此因電影「武訓傳」和其他若干「非正統」的事件所引起，許多作家被迫自我批評和公開悔過。首先，批判「武訓傳」原本應該是一個文藝問題，但運動並不著眼於文藝，卻規定要和資產階級思想對抗，強調是一場政治鬥爭。其次，強化了文學主題的單一，使得本已因歌頌工農兵而排斥其他題材的作風，至此又見助長。再次，文藝從屬於政治的關係更加穩固，毛澤東此項並不科學的原則，就在疆場一片勝利的霞光中，映襯得更加輝煌神聖，其權威不可移易。❺「延安文藝講話」的肆虐，因中共統治區的擴大，更顯現其殺傷力，此後的文藝整風，一波勝過一波，至文化大革命達到最高潮。

---

❹蕭軍在延安時發表「論同志之『愛』與『耐』」，指出「同志的子彈打進同志的胸膛」。抗戰勝利後，蕭軍返抵東北，創辦《文化報》，對蘇軍在東北任意拆遷工業設備和強暴中國婦女，提出強烈抨擊。蕭軍本人更撰寫「各色帝國主義」，指出蘇聯和美國是一丘之貉，中國人倡導無原則的友好並不合理。結果，中共定下蕭軍的罪名：「對我們親愛的友邦、世界上第一個社會主義國家——蘇聯，肆意進行污蔑。」一九四九年，蕭軍終於被中共押到撫順煤礦區改造，《文化報》也遭查封，中共中央東北局還做了「關於蕭軍問題的決定」：(1)在黨內外展開對蕭軍反動思想的批判。(2)加強對於文藝工作的領導，加強黨的文藝工作者的馬列主義修養，在文藝界提倡互相批評和自我批評。(3)停止對蕭軍文學活動的物質方面的幫助。以上詳見蕭軍原著，葛浩文提供，茶陵（周玉山）註釋，「蕭軍小傳」，《中國時報》，一九八〇年一月三十日。

❺朱寨主編，《中國當代文學思潮史》，（初版，北京：人民文學出版社，一九八七年），頁八二。

一九五四年十月的第二次整風，起自俞平伯的「紅樓夢研究」事件，引發全面的批判胡適思想，並對主持《文藝報》的馮雪峰，提出工作錯誤的檢查與鬥爭。此與三年前對「武訓傳」的批判相同，歷史背景和政治意圖一脈相傳，也都是毛澤東親自發動的。他在「關於紅樓夢研究問題的信」中指出：「看樣子，這個反對在古典文學領域毒害青年三十餘年的胡適派資產階級唯心論的鬥爭，也許可以展開起來了。事情是兩個『小人物』做起來的，而『大人物』往往不注意，並往往加以阻攔，他們同資產階級作家在唯心論方面講統一戰線，甘心作資產階級的俘虜，這同影片『清宮秘史』和『武訓傳』放映時候的情形幾乎是相同的。」❻毛澤東心所謂危，趁此一償他在「新民主主義論」中的宿願，即思總結中國新文化運動。由於胡適在五四時期的地位遠勝於毛澤東，影響亦頗深遠，毛澤東單單基於補償心理，也不免要為刷新歷史而努力了。

這次整風一直延續到正式批鬥胡風開始，才告一段落，可謂間不容髮，中共文網之密也由此可見。胡風在政治立場上原與中共一致，周揚一度稱之為「沒有入黨的布爾希維克」，其與中共的分裂，始於抗戰時期對毛澤東文藝政策的堅拒。一九四九年以後，他屢遭周揚、林默涵、何其芳的攻擊。由於不甘示弱，乃利用文藝幹部因「紅樓夢研究」事件被毛澤東譴責的機會，向中共中央告御狀。一九五四年七月，他呈上合計二、三十萬字的意見書，除為自己和友輩伸冤外，還盼中共重新檢討文藝政策，撤換文藝官僚。意見書指出，在宗派主義的地盤上，讀者和作家頭上被放下了五把

---

❻毛澤東，「關於紅樓夢研究問題的信」，收入《毛澤東選集》第五卷（初版，北京：人民出版社，一九七七年），頁一三五。

刀子：（一）作家要從事創作實踐，首先非得具有完美無缺的共產主義世界觀不可。（二）只有工農兵的生活才算生活，日常生活不是生活。（三）只有思想改造好了才能創作。（四）只有過去的形式才算民族形式。（五）題材有重要與否之分，能決定作品的價值，這就使得作家變成唯物論的被動機器。凡此控訴，表面針對林默涵等，矛頭實指向毛澤東的「延安文藝講話」，致觸後者的大怒。

一九五五年一月，毛澤東親自出馬，公開胡風的意見書，並且展開批判。稍後，胡風及其友人都遭同時抄家，檔案資料也調到北京，毛澤東據此寫按語，分於五月十三日、二十四日和六月十日，在《人民日報》公布「胡風反革命集團」的材料。「過去說是『小集團』，不對了，他們的人很不少。過去說是一批單純的文化人，不對了，他們的人鑽進了政治、軍事、經濟、文化、教育各個部門裡。過去說他們好像是一批明火執仗的革命黨，不對了，他們的人大都是有嚴重問題的。他們的基本隊伍，或是帝國主義國民黨的特務，或是托洛茨基分子，或是反動軍官，或是共產黨的叛徒，由這些人做骨幹組成了一個暗藏在革命陣營裡的反革命派別，一個地下的獨立王國。」❼毛澤東這段御批，使得胡風的苦難日益逼近。

在搜出的「反革命」材料中，最令毛澤東感到難堪的，就是一九五一年八月二十二日張中曉致胡風的信，批判了「延安文藝講話」：「這書，也許在延安時有用，現在，我覺得是不行了，照現在的行情，它能屠殺生靈，怪不得幫閒們奉若圖騰！」毛澤東懷恨之餘，便大量製造輿論，一九五五年五月十三日到七月九日，《人民日報》就收到要求嚴懲胡風的讀者來信一萬一千八百封。此時

❼毛澤東，「『關於胡風反革命集團的材料』的序言和按語」，收入❻引書，頁一六三。

「文聯」和「作協」都落井下石，在聯席擴大會議上通過五項決議：（一）根據「作協」章程第四條，開除胡風的會籍，並撤銷其理事和「人民文學」的編委職務。（二）撤銷胡風所任「文聯」委員之職。（三）向人代常委會建議，撤銷胡風的代表資格。（四）向最高人民檢察院建議，對胡風反革命罪行進行必要的處理。（五）警告「作協」、「文聯」及其他協會中的胡風分子，必須站出來揭露胡風，批判自己。❽七月五日，人代會第二次會議在北京開幕，七月十六日，該會代表胡風和潘漢年即同時被捕。此後，中共在大陸全面展開「堅決徹底粉碎胡風反革命集團」、「肅清一切暗藏的反革命分子」運動，成為文革前株連最廣、影響最大的文藝整風。一九五七年七月十八日的《人民日報》社論透露，胡風被捕的肅反運動中，清查出八萬一千多名「反革命分子」，一百三十多萬人交代了各種政治問題。由此再度證明，中共文藝整風的目的，不是文學的，而是政治的。

正因被侮辱與被損害的知識分子過多，不利於中共的聲譽，毛澤東乃於一九五六年五月，提出旨在安撫的「百家爭鳴，百花齊放」口號。一九五七年二月，他重彈此調，以求「正確處理人民內部矛盾問題」。五月一日，中共正式公布關於整風運動的指示，要大家以鳴放幫助共產黨反官僚、反宗派和反主觀主義。中共強調「言者無罪，聞者足戒」，極盡廣開言路的表態，於是五、六月間，大陸各民主黨派、工商人士、教授作家、青年學生，乃至共產黨員爭取民主的運動，就以星火燎原之姿展開，其勢如排山倒海，毛澤東形容為「一時天暗地黑，日月無光」，他在驚恐之餘，開始變臉反撲。六月上旬起，中共即進行反右派鬥爭。七月一日，毛澤東親撰的《人民日報》社論中，有

---

❽翟志成，《中共文藝政策研究論文集》（初版，臺北：時報文化出版公司，一九八三年），頁一三七。

如下名句：「有人說，這是陰謀。我們說，這是陽謀。因為事先告訴了敵人，牛鬼蛇神只有讓它們出籠，才好殲滅它們；毒草只有讓它們出土，才便於鋤掉。」❾這裡所謂陽謀，只是事後孔明。毛澤東鼓勵鳴放的本意，在使知識分子——包括作家為其所用，不料抗聲遍傳，指向中共根本的弱點，毛澤東深感難堪，只有食言而肥，以「陽謀」自壯了。

據中共自己估計，右派人數多到不容忽視。就文藝界而言，劉賓雁的「在橋樑工地上」、「本報內部消息」，王蒙的「組織部新來的青年人」等作品皆遭批判；何直（秦兆陽）的「現實主義——廣闊的道路」，錢谷融的「論『文學是人學』」，巴人（王任叔）的「論人情」，劉紹棠的「我對當前文藝問題的一些淺見」等論文，全被視為修正主義文藝思想而大加撻伐；丁玲、馮雪峰、艾青等多名作家，同被劃為右派分子。❿「丁玲陳企霞反黨集團」的罪名，包括資產階級個人主義世界觀，以及修正主義的文藝思想，結果彼等被剝奪職業與黨籍，並下放勞動改造。「左聯」解散後，兩個口號論爭時支持魯迅的黃源，此時亦遭整肅。令人感到周揚無情的，是其親密戰友徐懋庸也不能倖免。周揚藉此把徐懋庸過去寫信罵魯迅一事，說成徐的個人錯誤，與己無涉；另則使徐在文藝界除名，以免後患，這是一種滅口之舉，而毛澤東聽之任之。

一九六三年間，毛澤東對當時大陸的文化產品已感不悅，認為文藝領導機構和文藝工作者，事實上都轉向資本主義和修正主義，致使社會主義改造收效甚微，因此他咄咄稱怪。⓫一九六四年六

---

❾毛澤東，「文匯報的資產階級方向應當批判」，收入❻引書，頁四三五。

❿二十二院校編寫組，《中國當代文學史》（二）（初版，福建：人民出版社，一九八一年），頁三一。

月，他按捺不住，直斥彼等不執行政策，跌到修正主義的邊緣。周揚由此警惕，展開一次整風，批判了密友邵荃麟、夏衍和田漢，茅盾也受累而遭處分，但其本人終於難逃劫數。

一九六五年十一月十日，姚文元在上海《文匯報》發表「評新編歷史劇『海瑞罷官』」，揭開文化大革命的序幕。一九六六年二月，江青在上海主持部隊文藝工作座談會，事後寫了一份紀要，經毛澤東三次親自審閱和修改才定稿，⓬頗能反映毛澤東此時的文藝觀。紀要指出，大陸文藝界從一九四九年以來，被一條與毛澤東思想對立的反黨反社會主義黑線專了政，它是資產階級、現代修正主義的文藝思想和三十年代文藝的結合。「我們一定要根據黨中央的指示，堅決進行一場文化戰線上的社會主義大革命，徹底搞掉這條黑線。搞掉這條黑線以後，還會有將來的黑線，還得再鬥爭。所以，這是一場艱鉅、複雜、長期的鬥爭，要經過幾十年甚至幾百年的努力。」⓭毛澤東和江青如此說，也如此做，但不得善終。

一九六六年四月十八日，《解放軍報》發表社論，正式號召實施文革，其中提及三十年代的「國防文學」口號，認為是「那時左翼的某些領導人在王明的右傾投降主義路線的影響之下，背離馬克

⓫毛澤東，「關於文藝工作的批示（一九六三～一九六六年）」，收入《毛澤東思想萬歲》第三輯（中華民國國際關係研究所複製，一九七四年），頁二六。

⓬「林彪同志給中央軍委常委的信」，收入《江青同志論文藝》（一九六八年出版，一九七四年中華民國國際關係研究所複製），頁三。

⓭「林彪同志委託江青同志召開的部隊文藝工作座談會紀要」，收入⓬引書，頁七。

思列寧主義的階級觀點」，此說無異公開否定了周揚。七月十七日，《人民日報》和《解放軍報》同時刊出「駁周揚的修正主義文藝綱領」，指周揚集團在三十年代提倡「國防文學」，打擊無產階級左翼文藝運動的偉大旗手魯迅，並和毛澤東的「延安文藝講話」演對臺戲。七月二十九日，《光明日報》報導中共中央宣傳部舉行會議，「徹底打倒文藝界的活閻王，聲討周揚反黨反社會主義反毛澤東思想的滔天罪行」。稍早，七月一日出版的《紅旗》雜誌亦已正面攻擊周揚，並揭發後者，一九五七年利用批判馮雪峰和徐懋庸的機會，為《魯迅全集》第六卷加一註解，是替自己開脫。周揚終於在該年被捕撤職，夏衍、田漢及陽翰笙，當年與他合被魯迅諷為「四條漢子」，也同遭公審鬥爭，其中夏衍以改編茅盾的「林家鋪子」搬上銀幕獲罪，田漢以歷史劇「謝瑤環」賈禍，陽翰笙以編導「北國江南」電影被整，當然這些都只是直接的導火線。此後十年，大量的文藝工作者飽受摧殘，成為毛澤東文藝政策下的集體犧牲品。⓮

周揚等人遭到清算，自與三十年代文藝的歷史評價有關。大陸文藝界確有不少人牴觸毛澤東的文藝思想，不願深入工農兵的階級鬥爭生活，不願配合共產黨的中心運動，不願描寫欽定對象，念念不忘的是三十年代文藝，甚至公開表示繼承，不以四十年代延安的工農兵文藝為正統。在此情景下，毛澤東必然會採取行動。由於周揚是三十年代左翼文運的主要幹部，對此段歷史自予肯定，而他向來又是文藝部門的負責人，影響力也較廣，因此要動搖周揚等三十年代人物的地位，以改變該時代予人的權威印象。換言之，周揚的難逃劫數，說明毛澤東嫌他執行命令還不夠徹底，故由江青、張春橋、姚文元取代。文化大革命的動機，除了牽涉中共的權力鬥爭，更要摧毀所有與毛澤東思想不符的思想，江青等人執行的文藝路線，在毛澤東心目中，自屬最為正確。

中國共產主義原由俄國輸入，中俄兩共分裂後，毛澤東變本加厲，強化對斯大林和他本人的崇拜，而以馬列主義的正統自居，對其他文化思想都視為毒草。由此可知，清算三十年代文藝實所難免，一九四九年以後大陸作家的悲運，也早在毛澤東發表「延安文藝講話」時即已初定。中共曾經指出，與毛澤東文藝思想對立的論點，有寫真實論、現實主義廣闊道路論、現實主義深化論、反題材決定論、中間人物論、時代精神匯合論、離經叛道論、反火藥味論、全民文藝論、創作自由論等，

⑭因文革而死的大陸文藝工作者，至少包括：⑴作家：老舍、田漢、阿英、趙樹理、柳青、周立波、何其芳、鄭伯奇、楊朔、郭小川、聞捷、蘆芒、蔣牧良、李廣田、劉樹德、孟超、陳翔鶴、納賽音朝客圖、馬健翎、魏金枝、司馬文森、羅廣斌、海默、韓北屏、黃谷柳、遠千里、方之、蕭也牧、鄧拓、范長江。⑵文藝評論家：馮雪峰、邵荃麟、王任叔、劉芝明、何家槐、葉以群、侯金鏡、陳笑雨、徐懋庸。⑶文學翻譯家：董秋斯、傅雷、滿濤、麗尼。⑷京劇演員：周信芳（麒麟童）、蓋叫天、荀慧生、馬連良、尚小雲、言慧珠、李少春、葉盛蘭、葉盛章、韓俊卿、竺水娟。⑸話劇家：童泯、焦菊隱、孫維世、舒繡文。⑹演員：蔡楚生、鄭君里、袁牧之、田方、崔嵬、上官雲珠、應雲衛、孟君謀、徐滔、顧而已、魏鶴齡、楊小鐘、劉國全、羅靜予、孫師毅。⑺地方戲演員：張德成、李再雯、嚴鳳英、蘇育民、顧月珍、筱愛琴。⑻音樂家：馬可、鄭成、黎國荃、顧聖嬰、向隅、蔡紹序、陸洪恩。⑼美術家：潘天壽、王司廓、董希文、豐子愷、陳半丁、秦仲文、陳煙橋、馬達、倪貽德、蕭傳玖。⑽民歌手：毛一罕、琵杰、王老九、霍滿生。⑾攝影家：鄭景康。⑿曲藝家：王尊三、王少堂。⒀木偶藝術家：楊勝。以上名單見《中共怎樣對待知識分子》原始資料匯編之一（下）（初版，臺北：黎明文化公司，一九八三年），頁三六二一。

還有陽翰笙的「十條繩子」論，⓯可與胡風痛陳的「五把刀子」並觀，都是對「延安文藝講話」造成作家顧慮重、下筆難，作品千篇一律、千人一面的抗議，毛澤東的滿目皆敵，也由此可見。

毛澤東的文藝政策見於延安，一九四九年他入主北京後，則以正式的組織進一步操作。該年六月，毛澤東在新政治協商會議的籌備會上宣稱，聯合政府一經成立，將盡一切可能，用極大力量，「從事人民經濟事業的恢復和發展，同時恢復和發展人民的文化教育事業」。⓰隨後，他發表「論人民民主專政」，強調中共的武器是馬列主義，中國要在共產黨領導下，團結工人階級、農民階級、城市小資產階級、民族資產階級，結成統一戰線，以工農聯盟為基礎，建立人民民主專政的國家。⓱兩相對照，「人民的文化事業」與馬列主義密不可分，自不待言。如前所述，早在一九四二年五月，毛澤東即已明定，中共的文藝政策包括了學習馬列主義，同時要站在無產階級的立場，共產黨員更

⓯ 一九六二年三月，陽翰笙在廣州召開的話劇、新歌劇、兒童劇創作會議上，指中共對文藝工作的指導，是用十條繩子捆住了作家的手足，造成了五個「一定」和五個「不敢」：(1)一定要寫重大題材。(2)一定要寫英雄人物、尖端人物。(3)一定要參加集體創作。(4)一定要限期完成。(5)一定要得到領導批准。(6)不敢寫人民內部矛盾。(7)不敢寫諷刺劇。(8)不敢寫悲劇。(9)不敢寫英雄人物的缺點、失敗。(10)不敢寫黨員的缺點、領導的缺點。見《增訂中共術語彙解》（增訂三版，臺北：中國出版公司，一九七七年），頁六二一。

⓰ 毛澤東，「在新政治協商會議籌備會上的講話」（一九四九年六月十五日），收入《毛澤東選集》第四卷（初版五刷，北京：人民出版社，一九六四年），頁一四七〇。

⓱ 毛澤東，「論人民民主專政——紀念中國共產黨二十八週年」（一九四九年六月三十日），收入⓰引書，頁一四七七。

要站在黨的立場，對敵人暴露和打擊，對同盟者既聯合又批評，對自己人則歌頌和讚揚。本此原則，中共執行其文藝政策。

一九四九年九月二十一日至三十日，第一屆人民政治協商會議在北京召開，會中宣告「中華人民共和國」成立，並通過共同綱領，內設「文化教育政策」專章，鼓吹新民主主義，提倡文藝為人民服務，啟發人民的政治覺悟等。⓲政協會議同時通過人民政府組織法，政務院設文化教育委員會，指導文化部、教育部、衛生部、中國科學院、新聞總署和出版總署的工作。此處所謂新民主主義，乃毛澤東於一九四〇年所倡，即「幾個革命階段聯合專政」，頗收統戰之效。中共建政伊始，為應付各民主黨派，仍維持此門面語，後來則棄如敝屣。

一九四九年十月二十日，文化部正式成立，首任部長沈雁冰，即作家茅盾。副部長有二，一為周揚，一為丁燮林。文化部下設：（一）藝術局，局長周揚；（二）科學普及局，局長袁翰青；（三）文物局，局長鄭振鐸；（四）電影局，局長袁牧之；（五）戲曲改良局，局長田漢；（六）對外事務聯絡局，局長蕭三；（七）中央戲劇學院，院長歐陽予倩；（八）中央音樂學院，院長馬思聰；（九）中央美術學院，院長徐悲鴻；（十）中央文學研究所，所長丁玲。上述諸人，後來不乏遭劫於文化大革命者，正可說明大陸文藝工作者的悲哀。

一九五四年九月，人民代表大會以政協的共同綱領為基礎，通過中共第一部憲法，改政務院為

⓲「中國人民政治協商會議共同綱領」（一九四九年九月二十九日中國人民政治協商會議第一屆全體會議通過），收入《人民手冊》，《大公報》（上海），一九五〇年元旦初版，頁乙九。

國務院，文化部的組織也有所調整，部長仍為沈雁冰，副部長則增至六人：錢俊瑞、丁西林、鄭振鐸、夏衍、陳克寒、張致祥。下設：（一）辦公廳；（二）人事司；（三）財務司；（四）社會文化事業管理局，局長鄭振鐸；（五）出版事業管理局，局長吳洛峰；（六）藝術事業管理局，局長田漢；（七）電影事業管理局，局長王蘭西；（八）中央戲曲研究所，所長梅蘭芳；（九）中央戲劇學院，院長歐陽予倩；（十）中央音樂學院，院長馬思聰；（十一）中央美術學院，院長吳作人；（十二）中央文學研究所，所長丁玲；（十三）電影學院，院長王蘭西。

國務院除文化部外，尚有若干相關直屬單位：（一）新華通訊社，社長吳冷西；（二）廣播事業管理局，局長梅益；（三）中國文字改革委員會，主任吳玉章；（四）對外文化聯絡局，局長蕭三；（五）宗教事務局，局長何成湘；（六）體育運動委員會，主任賀龍。新聞署撤銷後，上述新華社和廣播局獲得名義上的獨立。出版總署撤銷後，業務則併入文化部，後者職權益見擴大。

一九六五年文化部改組，陸定一繼任部長，顯示中共中央宣傳部的直接干預。中共向來以黨領政，文化部內有黨團，上有國務院文教辦公室（過去是文化教育委員會），再上還有中央宣傳部，當時的部長正是陸定一。然而毛澤東在次年即發動文化大革命，陸定一成為牛鬼蛇神，文化部的業務停擺。一九七二年初，國務院另外出現文化組，組長是北京市革命委員會副主任吳德，其權力之大，已超越文化部長。文藝是文化的一環，文藝工作者在文化大革命中首當其衝，實屬必然。

其實，大陸作家的悲運不自文革始，一九四九年以後的大陸文壇，胡風即形容為殭屍所統治，每咳一聲都有人來錄音檢查。「但我在磨我的劍，窺測方向，到我看準了的時候，我願意割下我的頭顱拋擲出去，把那個髒臭的鐵壁擊碎的。」⑲胡風因此換來二十四年的牢獄之災，終以精神病兼腦動脈硬化症等辭世，但此一悲劇並未使得所有作家瘖啞無聲。他們為爭自由，為伸正義，寧鳴而死，不默而生，毛澤東時代如此，鄧小平時代亦然。

## 三、鄧小平的文藝政策

法國前總統季斯卡說：「我當不成文學家，只好當總統。」毛澤東雖有詩詞，但在質與量上都不符文學家的定義，或許正因此故，他成為中共的領袖。鄧小平在文學創作上尤見一片空白，文藝觀乃至政治觀多襲自毛澤東，終於繼之而起，在文化大革命結束後，製造六四事件。

一九七九年十月三十日，鄧小平在中國文學藝術工作者第四次代表大會上發表祝詞，該文一度被奉為中共文藝政策的最高準則。六四事件後的一九八九年十月，薄薄一百二十餘頁的《鄧小平論文藝》問世，絕大部分的內容與文藝無關，僅有排成八頁的那篇祝詞最接近書名，則其重要性可知。

一九七六年九月九日，毛澤東去世。次月，華國鋒逮捕了四人幫，象徵文化大革命的告終。一九七七年八月，中共召開十一全大會，正式宣布文革結束，並展開揭批四人幫的運動。一九七八年十二月的十一屆三中全會起，華國鋒漸被架空，中共進入鄧小平時代。一九八二年五月，中共紀念「延安文藝講話」發表四十周年，強調對毛澤東的文藝思想，「一要堅持，二要發展」，堅持可謂不

⑲「關於胡風反革命集團的第二批資料」，《人民日報》，一九五五年五月二十四日。

變，發展則似含有變數在焉。然欲明其真相，不能只看理論，必須考察實際，並與毛澤東文藝政策做一比觀，方可奏效。

四人幫下臺後，中共當局為轉移民憤，以示自己有別於前凶，乃一度允許大陸各地設立民主牆，並鼓勵追述文革罪惡的傷痕文學出現。鄧小平此時對文藝界採取寬鬆政策，因而有第四次文代會之召開。他在會中強調，文藝這種複雜的精神勞動，非常需要文藝家發揮個人的創造精神；寫什麼和怎麼寫，只能在藝術實踐中探索，並逐步求得解決。「在這方面，不要橫加干涉」。此語一出，劫後餘生的與會者，自然報以熱烈掌聲，並寄以厚望。雖然如此，鄧小平在同篇祝詞中，仍念念不忘馬列主義和毛澤東思想，鼓吹繼續堅持文藝為最廣大的人民群眾、首先為工農兵服務的方向。[20]此說形同陷阱，當時不為與會者所留意，後來紛紛中箭落馬，使得「不要橫加干涉」徒托空言。

一九八〇年二月，當時尚為鄧小平親信的胡耀邦，在劇本創作座談會上重申，文藝要表現馬列主義和毛澤東思想，並點名譴責沙葉新的「假如我是真的」，此言一出，該劇旋遭禁演。一九八一年二月和三月，中共中央相繼下達第七號及第九號文件，前者針對文藝界而發，命令作家在馬列主義和毛澤東思想指導下，批判「鼓吹錯誤思潮的作品」，同時必須接受共產黨的領導，無條件地和中央保持政治上的一致，不允許發表與中央路線、方針、政策相違背的言論。後者則授權高級幹部，可以逮捕民運人士，扣押地下刊物，對於反黨、反社會主義活動分子「不能手軟」。一度受到鼓勵的傷痕文學，至此正式遭到封殺。

---

[20] 鄧小平，「在中國文學藝術工作者第四次代表大會上的祝詞」，《人民日報》，一九七九年十月三十一日。

稍後的一九八一年四月，《解放軍報》即公開批鬥白樺的劇本「苦戀」，《人民日報》、《北京日報》、上海《解放日報》和《紅旗》雜誌都加入圍剿的陣營。七月十七日，鄧小平親口質問：「『太陽和人』，就是根據劇本『苦戀』拍攝的電影，我看了一下，無論作者的動機如何，看過以後，只能使人得出這樣的印象：共產黨不好，社會主義制度不好。這樣醜化社會主義制度，作者的黨性到哪裡去了呢？」㉑此種用詞，與《解放軍報》略同，白樺因而被迫自我批評。九月，他寫了書面檢討，但未獲通過。十月，鄧小平親令批判「苦戀」的文章在《文藝報》發表，《人民日報》奉命轉載，白樺終於公開向中共認錯與致謝。鄧小平此舉，令人憶及五十年代毛澤東授意下的交心運動，兩者如出一轍，都是共產黨「不殺身體殺靈魂」的傑作。

一九八二年五月，中共紀念毛澤東延安文藝講話發表四十周年，除主張對其文藝思想「一要堅持，二要發展」外，還規定作家必須堅守四項基本原則，克服文藝工作中自由化的傾向，勇於歌頌新人新事新思想，熟悉群眾火熱的鬥爭生活等。六月，文聯舉行第四屆全委會第二次會議，又通過文藝工作者公約，明定認真學習馬列主義和毛澤東思想等，可見大陸作家並未因毛澤東已死，而獲得真正的解放。

值得留意的是，何謂「一要堅持，二要發展」？中共此時重申，毛澤東文藝思想的重點組成部分——延安文藝講話等論著，表明了文藝首先是為工農兵服務的方向，從過去到未來，根本精神都

㉑鄧小平，「關於思想戰線上的問題的談話」，收入中共中央文獻研究室主編，《三中全會以來重要文獻選編》下冊（北京：人民出版社初版，一九八二年吉林人民出版社重印），頁八七九。

是中共文藝的指針。而「為人民服務，為社會主義服務」，就是對毛澤東文藝思想的重要發展。復出後的周揚也承認，文藝從屬於政治的看法不正確，但不提此語，並非表示文藝與政治無關，可以脫離政治。「三中全會以來，文藝的主流是好的，必須肯定，但是也有錯誤，也有支流。隨著對外開放和對內搞活經濟的巨大政策轉變而來的思想戰線上的資產階級自由化傾向，就是不容忽視的支流。強調文藝為社會主義服務，就是反對這種傾向。」㉒周揚在文革時期扣上手銬，單獨囚禁多年，復出後的發言，曾被視為代表官方，不見轉圜的餘地。

由此可知，鄧小平對毛澤東文藝思想的發展，仍不脫文藝為政治服務的本意。所謂人民，所謂社會主義，在共產黨的觀念都有特殊指涉，與一般認定者不同。例如「人民政協共同綱領」中，人民的定義是「工人階級、農民階級、小資產階級、民族資產階級，以及從反動階級覺悟過來的某些愛國民主分子」，㉓這還是含有強烈統戰意味的從寬解釋，但絕非指全民，自不待言。社會主義在彼等心目中，更是共產主義的過渡和必經階段。此二名詞原在法律和經濟上各有要涵，中共則於政治上壟斷它們，據為己用。換言之，「文藝為人民服務，為社會主義服務」，無異為共產黨服務。中共亦宜承認此點，方可解說作家何以必須堅守四項基本原則，而不與「為人民服務」的重點相違。四項基本原則的核心，正是堅持共產黨領導。

果然，中共又於一九八三年發動新整風。該年十月，鄧小平在十二屆三中全會上提出思想和文

㉒周揚，「一要堅持，二要發展」，《人民日報》，一九八二年六月二十三日。

㉓同⓯引書，頁二二一。

化戰線清除精神污染的問題，正式揭開對理論界和文藝界的整肅。中共自稱近年來造成污染的主因有二，一為封建主義殘餘的影響，二為資本主義思想的侵蝕，後者尤為其所懼恨，說明中共歷來對作家示警無效，也暴露西方思想對大陸的衝擊。清污運動聲中，文藝官員紛紛表態，加入批評與自我批評的行列，白樺的「吳王金戈越王劍」、徐敬亞的「崛起的詩群」等皆遭批判。白樺此部歷史劇的罪名，是和社會主義精神背道而馳，「苦戀」也舊話重提，指其表現人的異化，顯示共產黨在壓抑摧毀人性，因此和張笑天的小說「離離原上草」一樣，都在醜化社會主義制度。「苦戀」帶動大陸文藝創作的異化，並隱喻毛澤東為災難的根源，與鄧小平反覆申說的「毛澤東功績第一，錯誤第二」不符，中共由此對白樺的餘怒未消。

然而鄧小平此時鼓吹的四個現代化，必須借重知識分子的智慧與力量，因此中共在整肅思想界與文藝界之際，又恐後遺症太大，既不利於建設，且影響外資外才的吸收，鄧小平的文藝政策不免表現收放兩難的面貌。一九八四年八月，《紅旗》雜誌就強調，文藝評論時的澆花和鋤草缺一不可，因為鮮花與雜草間的矛盾鬥爭此消彼長。㉔該雜誌聲稱要做到毛澤東的三不主義——不抓辮子、不扣帽子、不打棍子；其實這與雙百政策——百家爭鳴、百花齊放，都是毛澤東所謂的陽謀，彰彰在世人耳目，中共現又引為號召，喚醒了大陸作家對毛澤東猶新的記憶，實難謂高明。

一九八四年十二月二十九日，中國作家協會舉行第四次大會，開幕典禮上的若干講詞，表達了對創作自由的追求，閉幕式通過的新章程，也寫進「充分尊重文學藝術規律，發揚文藝民主，保證

㉔高占祥，「開一代文藝評論新風」，《紅旗》半月刊，一九八四年第十六期（一九八四年八月三十日）。

創作自由」等字句，為與會者燃起一些希望。大會召開當天，代表中共中央的《人民日報》評論員撰文，重申三不主義，又謂「對於資產階級腐朽思想的侵蝕，封建主義思想的遺毒也要加以抵制。」㉕後二語和清污運動的內容全同，時為鄧小平重要幹部的胡啟立，也在會中強調及此，並引用斯大林的名言：「作家是人類靈魂的工程師。」這與其說是對作家的恭維，不如說是訓令。中外共產黨領袖有志一同，深感要改造社會，必先改造人心，作家就得執行這項洗腦的任務，而其本身當然要先接受洗腦。

為了安撫人心，胡啟立承認共產黨對文藝的領導有如下缺點：（一）存在著「左」的傾向，長期以來干涉太多，帽子太多，行政命令也太多。（二）派了一些幹部到文藝部門和單位去，有的不太懂文藝，這也影響了共產黨和作家、文藝工作者的關係。（三）文藝工作者、作家之間，黨員與非黨員之間，地區之間，相互關係不夠正常，過分敏感，彼此議論和指責太多。胡啟立公布的解決之道，是要改善和加強共產黨對文學事業的領導。㉖此說顯示中共不想放鬆控制，減輕大陸作家的壓力，也無視於老演員趙丹的遺言：「管得太具體，文藝沒希望。」一面承認干涉太多是缺點，一面又誓言要加強領導，此種矛盾可謂立即而明顯。

共產黨對於文藝工作的領導，胡啟立認為「總的來說是好的」，他又引列寧語，直指社會主義

---

㉕本報評論員，「大鼓勵，大團結，大繁榮——祝賀全國作協第四次會員代表大會召開」，《人民日報》，一九八四年十二月二十九日。

㉖胡啟立，「在中國作家協會第四次會員代表大會上的祝詞」，《人民日報》，一九八四年十二月三十日。

文學是「真正自由的文學」，凡此皆與史實相反。中共自延安時期始，文藝領導就與文藝整風密不可分，從王實味的死於非命，到白樺的被迫自辱，大陸作家的血痕猶在，餘悸猶存，共產黨對文藝工作的領導，總的來說是壞的，而其罪惡的根源，正是列寧主義。至於如何使大陸作家真正進入自由創作之境？胡啟立開出的藥方，則是「反對資本主義的腐朽思想和封建主義的遺毒」等，此種官方旨意，無法令人樂觀。作協的新章程也依然規定，要以馬列主義和毛澤東思想為指導。這項規定與「保證創作自由」列於同條，再度顯露矛盾與陷阱，真正自由的文學云乎哉？

一九八五年十月三十一日，作協召開工作會議，此時已為鄧小平親信的王蒙，在會中以常務副主席的身分，告訴作家們要學習馬克思主義的理論，樹立革命的世界觀，深入火熱的鬥爭生活，了解共產黨事業的根本利益等。他還為胡啟立在大會上的講話作註，指出官方所提創作自由是有要求的。㉗在中共的要求下，劉賓雁的「第二種忠誠」和「我的日記」，王培公編劇、王貴導演的「WM」，先後遭到封殺。事實證明，在鄧小平的統治下，作家依舊無法安枕，不願在毛澤東陰影下生活的遇羅錦，當然就會適時求去了。稍後，王蒙果然一償宿願，擔任文化部長，正式傳播起中共的文藝訓令來。

文藝在大陸向來屬於敏感領域，主管文藝工作的文化部因此有「政治寒暑表」之稱，歷任部長僅茅盾是作家出身，一九八六年四月王蒙接任後，又開一例。前此，他已憂慮大陸文藝創作上的問

㉗「王蒙在中國作協工作會議上說：在堅持創作自由的同時須強調作家的社會責任」，《人民日報》，一九八五年十一月六日。

題不少。「如有的胡編亂造，歪曲革命歷史與革命事實，背離了馬克思主義的基本觀點。有的作品甚至發展到美化國民黨，美化大地主、大資產階級，否定階級與反階級鬥爭，否定革命、革命戰爭的正義性、必然性與必要性，提倡超階級、超黨派、非革命的『人性復歸』，實際上是拾起了歷史唯心主義的濫調，拾起了用資產階級人性論反對馬克思主義階級論的陳腔濫調。」㉘王蒙對唯心主義的批評，令人想起他自己在一九八一年所獲的類似罪名，但時隔數年，他已扮演文藝指揮家的角色，不復當年的窘狀了。「有的作品甚至發展到美化國民黨」，王蒙說出中共最畏懼的實情。部分大陸作家與中共之間，已由內部矛盾提升為敵我矛盾，在中共看來，這無異是「反革命」。王蒙也承認，確實有人至今不喜歡四項基本原則，他因此強調堅持之必要，這是官僚主義的聲音。也正因如此，他當上了文化部長。

一九八七年初，作家劉賓雁和王若望又遭嚴厲批判，雙雙遭中共開除黨籍。一月二十三日，《人民日報》機關紀律檢查委員會，開除劉賓雁的黨籍時指出，他攻擊四項基本原則是陳腐的、過時的觀念，曾把中國幾次引向災難，是僵硬的、教條主義的東西，詞句很好，內容則是保守的，甚至反動的。馬克思主義是過時的意識形態，他寫「人妖之間」與「千秋功罪」，「都是為了展示一個真理，就是中國共產黨的腐敗」。㉙稍早的一月十三日，中共上海市紀律檢查委員會，開除王若望的黨籍時也指出，他攻擊社會主義制度，鼓吹走資本主義道路，否定黨的領導，又反對黨的現行政策。中

---

㉘王蒙，「滌除污垢，迎接新的繁榮」，《光明日報》，一九八三年十一月七日。

㉙「中共《人民日報》社機關紀委開除劉賓雁黨籍」，《人民日報》（海外版），一九八七年一月二十五日。

共開除王若望後，《人民日報》、《解放日報》加入圍剿的陣營，也說他反對四項基本原則，尤其否定兩個核心，即主張中國走資本主義道路，反對走社會主義道路，主張多黨政治，反對共產黨領導，公開背叛與褻瀆了黨綱、黨章與黨紀。㉚凡此罪狀，都旁證了鄧小平的心結：「資產階級自由化的核心就是反對黨的領導。」㉛依中共之意，劉賓雁和王若望並非一時失言，也不是在某些問題上認識不清，而是長期全面的反黨。因此，鄧小平和毛澤東、四人幫一樣忍無可忍，驅逐了他們。

一九八八年十一月八日，第五次文代會在北京召開，此距第四次文代會已近十年。開幕典禮中，胡啟立代表中共中央和國務院致祝詞，重操鄧小平上次大會的語言，指為新時期文藝工作的基本綱領，要結合實際，認真執行。「黨對文學藝術事業的正確領導，只能建立在充分尊重作家藝術家的勞動，充分尊重文藝發展的規律，充分理解文學藝術的需要和文藝工作者的需要的基礎之上。文學藝術是一種特殊的精神勞動，特別需要發揮個人的創造才能和創造精神。要恰當地估計文藝的功能，實事求是地分析和看待文藝領域中的是非問題。必須切實貫徹執行百花齊放、推陳出新、洋為中用、古為今用的方針，保障作家、評論家的創作自由和評論自由。在藝術形式上提倡不同形式和

㉚席于生，「反對四項基本原則為黨紀所不容——批判王若望鼓吹資產階級自由化的錯誤言論」，《解放日報》，一九八七年一月十六日。

㉛引自張振陸，「從王若望的言論看資產階級自由化的實質」，《人民日報》（海外版），一九八七年一月二十日。

風格的自由發展，在藝術理論上提倡不同觀點和學派的自由討論。」㉜一九七九年以來，文藝大會上總是出現此類合情合理的昭告，再度燃起倖存者的希望，直到下一次整肅展開，摧毀了樂觀，讓又一篇祝詞形同具文。

一九八九年一月六日，已被中共開除黨籍的方勵之，致函鄧小平，建議大赦，特別是釋放魏京生及所有類似的政治犯。㉝此函一出，揭開最大規模民主運動的序幕。二月十三日，吳祖光、湯一介、蘇曉康、蘇紹智、王若水等三十三位知識分子，以公開信連署響應。三月十四日，又有戴晴、嚴家其、遠志明、史鐵生、周輔成等四十三位文化界人士加入聲援。四月十五日，胡耀邦因心臟病去世，以北大為首的學生，湧向天安門廣場，在悼胡的名義下，高呼「反對獨裁、打倒貪污、推翻官僚、民主萬歲」，此後學生運動立刻擴大成群眾運動，文藝界參與者不可勝數。五月十八日，病中的巴金也發表支持學運的公開信：「七十年前的五四運動，就是一批愛國學生為我們祖國爭取科學與民主。七十年過去了，我們還是一個落後的國家。我認為今天學生們的要求是完全合理的，他

㉜胡啟立，「在中國文學藝界聯合會第五次代表大會上的祝詞」（一九八八年十一月八日），《光明日報》，一九八八年十一月九日。

㉝「方勵之致鄧小平函」，原載《九十年代》月刊（香港），第二三〇期（一九八九年三月），收入張京育主編，《自由之血民主之花——中國大陸民主的坎坷路》（初版，臺北：國立政治大學國際關係研究中心出版，一九八九年），頁四五。

們所做的正是我們沒能完成的事情，中國的希望在他們身上。」㉞就在同一天，李鵬卻指責學生製造「無政府狀態」。㉟兩說相較，證明此次運動一如五四，具有下列特質：愛國家反政府、尊民主反專制、重科學反迷信。

巴金發函的五月十八日，北京群眾遊行人數高達兩百萬，近三十個城市與地區響應。二十日，鄧小平透過楊尚昆，宣布調派軍隊進京，李鵬宣布該市戒嚴，學生恢復絕食，示威人潮更眾。三十日，中央美術學院學生塑成一座民主女神雕像，是為天安門廣場的精神象徵。六月一日，部分軍隊進城後，與學生對立僵持。二日，侯德健等人在天安門絕食，抗議戒嚴和軍管，民運再掀高潮。三日凌晨，共軍分途開向天安門，遭數十萬民眾攔截，晚間在廣場西方開槍，造成傷亡。四日凌晨，大批軍隊由裝甲車開道，用機槍掃射民眾，歷經七小時的血腥鎮壓，重新控制了天安門廣場。大屠殺過後是大逮捕，多名學運領袖和作家遭到通緝，紛紛亡命天涯，有如花果飄零。該年十月一日的中共「國慶」，遂在紅色恐怖中度過。四十年來家國，九百六十萬平方公里山河，重演天道寧論的悲劇，文藝界又為重災區。

六四事件的劊子手，以軍隊為主，加上武裝警察和公安幹警。六月九日，鄧小平接見北京戒嚴部隊軍以上幹部時，就向上述三種人致以「親切的問候」。鄧小平承認，這場風波遲早要來，由國

---

㉞「巴金支持學運公開信」，收入《中國大陸民主運動紀實，一九八九年》（初版，臺北：中共雜誌研究社，一九八九年），頁四～一六。

㉟《天安門民主運動資料彙編》（初版，臺北：中共問題資料雜誌社印行，一九八九年），頁六〇一。

際大氣候和中國自己的小氣候所決定，不以人的意志為轉移。他同時表示，「造反派」的根本口號有二，一是打倒共產黨，二是要推翻社會主義制度。此說牽涉到四項基本原則，他檢討的結果，「四個堅持本身沒有錯，如果說有錯誤的話，就是堅持四項基本原則還不夠一貫，沒有把它做為基本思想來教育人民、教育學生、教育全體幹部和共產黨員。這次事件的性質，就是資產階級自由化和四個堅持的對應。」㊱這篇講話收入《鄧小平論文藝》中，為該書唯一屬於六四事件後的文字，表面雖與文藝無關，但可看出中共政策的走向，受害者自亦包括文藝界。

一九八九年八月初，文化部長王蒙解職。他在六四後，未聞慰問戒嚴部隊，多少保留了作家的風骨。八月底，賀敬之擔任副部長兼代部長，九月又兼中宣部副部長，與部長王忍之重新走上極左路線，遂令大陸文藝界對此二人，或「敬而遠之」，或「痛而忍之」。中宣部另一副部長，則為清除精神污染與反自由化的「運動員」徐維誠。六四後，從中央到地方，從大陸到海外，中共的文宣機構大量換血，教條主義者分據要津，毛澤東時代恍如重臨。一九九〇年初，林默涵取代吳祖光，擔任文聯黨書記，《文藝報》則改由陳涌、鄭伯農負責。作協增補馬烽為副主席兼黨組書記，《人民文學》則由劉白羽取代劉心武。六月二日，徐文伯、陳昌本接替英若誠、王濟夫，任文化部副部長。前此，中宣部文藝局的正副局長，已由梁光弟、李准擔任。此外，由陳涌主編《文藝理論與批評》，

㊱鄧小平，「在接見首都戒嚴部隊軍以上幹部時的講話」（一九八九年六月九日，根據紀律整理），原載《人民日報》，一九八九年六月二十八日，收入中共中央宣傳部文藝局編，《鄧小平論文藝》（初版二刷，北京：人民文學出版社，一九八九年），頁三三三。

林默涵、魏巍主編新創刊的《中流》，加強宣傳文藝政策。上述諸人中不乏屆齡退休者，六四後乘時再起，得意官場，令人有置身延安之感。

一九九〇年一月，中共為涿州會議翻案。該會經中宣部指導，由《紅旗》文藝部、《光明日報》文藝部、《文藝理論與批評》編輯部合辦，於一九八七年四月六日至十二日，在河北涿州舉行，與會者包括賀敬之、林默涵、劉白羽、熊復、姚雪垠、陳涌、程代熙、馬仲揚、孟偉哉，以及大陸各地宣傳部文藝處長共一百二十人，會中研讀該年春中共發出的文件，即鎮壓一九八六年新一二九學運的「堅持四項基本原則，反對資產階級自由化」，同時展開組稿工作。會議在一片「反自由化」聲中，獲致若干結論：(一) 這場反自由化的鬥爭，主要在理論與政治思想上。(二) 會後就要拿起批判的武器，積極行動起來。(三) 批評文章要堅持四項基本原則，堅持改革開放，緊密聯繫中國的國情，須在占有大量材料的基礎上，做有針對性和說服力的縝密分析。(四) 出版物傳播不少西方自由化的錯誤理論觀點，對廣大青年學生造成很壞的影響，批評這些觀點，有助於澄清思想和理論上的是非。

涿州會議後的一九八七年五月十三日，趙紫陽在宣傳、理論、新聞和黨校幹部的千人大會上講話，把反自由化鬥爭改為反左，成為「文藝界資產階級自由化思潮最大的保護傘」。六四事件後，趙紫陽全面解除職務，新當權者「平反」涿州會議時，強調如下觀點：(一) 該會認為一九八三年清污鬥爭中途夭折，結果自由化思潮愈發不可收拾，而有一九八六年冬的學潮。一九八七年春反自由化鬥爭，都是由於趙紫陽對自由化主張包庇，從而使此思潮更加惡性膨脹，以致爆發一九八九年的民運，所以對於自由化思潮，任何時候都不能手軟，不僅要抓，還要一抓到底。(二)文藝界是自由化思潮的重災區，對此情況須予充分重視，徹底扭轉，旗幟鮮明地反自由化。(三)文藝戰線上的主要矛盾，根本不是思想僵化保守一派與改革開放一派的矛盾，而是自由化與堅持四項基本原則這兩種思想、兩種立場、兩種世界觀的矛盾，自由化思潮乃是對改革開放事業的破壞。(四)自由化思潮只能造成文藝思想上的混亂，只能把創作引向邪路；只有在馬列主義、毛澤東思想的指引下繁榮文藝，才是社會主義文藝的真正繁榮。㊲此說在政治立場上與鄧小平一致，部分用語也襲自他接見北京戒嚴部隊軍以上幹部時的講話，文藝自由又一次成為夢幻泡影。

六四事件後，中共在文藝界召開層出不窮的會議，期能改造作家，影響讀者。一九八九年九月十八日，中宣部文藝局召集在京部分文藝報刊負責人座談，局長梁光弟攻擊幾家主要文藝報刊，譴責他們「在動亂中輿論導向和宣傳內容的錯誤」。《人民日報》文藝部、《文藝報》、《中國文化報》、《文學評論》的負責人，也「分就本報刊、本部門發生的政治方向錯誤不同地作了自我批評」。㊳十月十八日，該局又召開文藝界學習江澤民「建國四十周年講話」座談會，中宣部長王忍之強調，

㊲七人，「涿州會議的前前後後」，原載《文藝理論與批判》雙月刊，一九九〇年第一期，引自「對中共平反『涿州會議』之研析」，《中共研究》月刊，第三十三卷第五期（一九九〇年五月），頁八六。

㊳「文藝報刊應認真總結經驗教訓，堅持正確方向貫徹『雙百』方針」，《文藝報》，一九八九年九月二十三日，第三十八期。

這些年來，文藝領域資產階級自由化思潮及其影響是嚴重的，必須反對並加以清理。❸⁹十一月十五日，《文藝報》邀請部分在京作家、評論家舉行座談會，批評劉賓雁、蘇曉康的「反對中國共產黨反對社會主義的賣國言行」。❹⁰作協主席團也決議，取消二人的會籍，劉賓雁的作協副主席、主席團委員、理事職務也隨之撤銷。

一九九〇年一月十日，中共中央政治局常委李瑞環，在全國文化藝術工作情況交流座談會上，強調就文藝戰線而言，資產階級自由化的影響很嚴重，有些文章和作品違背四項基本原則，散布對黨對社會主義的懷疑和不信任情緒，「有些人捲入了去年春夏之交的政治風波，極少數人甚至站到了黨和人民的對立面。對於這種情況，文藝界的同志要有清醒的認識，絕不可低估，更不可護短。」❹¹依李瑞環之見，資產階級自由化思潮氾濫的一個突出表現，就是鼓吹民族虛無主義和歷史虛無主義，方勵之、劉曉波和《河殤》的作者蘇曉康等，因此遭到點名批判。「一些堅持資產階級自由化立場的所謂『文化精英』，在去年春夏之交的政治風波中成了『動亂精英』。在反革命暴亂破產後，他們中的一些人叛國出逃，從民族虛無主義走向了賣國主義。這個事實，最清楚不過地說明，鼓吹

❸⁹「高揚社會主義文藝旗幟，團結起來共同繁榮文藝」，《文藝報》，一九八九年十月二十一日，第四十二期。

❹⁰「在京文學界人士批判劉賓雁等人的反動言行，堅決維護中國作家的光榮稱號」，《文藝報》，一九八九年十一月十八日，第四十六期。

❹¹李瑞環，「關於弘揚民族優秀文化的若干問題——在全國文化藝術工作情況交流座談會上的講話」（一九九〇年一月十日），《人民日報》（海外版），一九九〇年五月十七日。

民族虛無主義和歷史虛無主義思潮，不僅是個文化問題，而且是個政治問題；不僅是個對待歷史的態度問題，而且更重要的是個對待現實的態度問題。這種思潮在政治上、思想上造成了惡劣的影響，對此不可低估。」㊷此語立場鮮明，卻不能保證李瑞環本人的全然無恙，而有稍後的「文化報事件」。

一九九〇年六月二十四日，文化部的機關報《中國文化報》發表社論與專文，分別題為「全黨服從中央」和「中央關於意識形態問題的指示」，批判所謂新精神，即近幾年因受資產階級自由化思潮的破壞和干擾，在社會上，尤其是意識形態領域和文藝戰線出現的一種極壞作風，其特質就是千方百計打聽「新精神」，甚至捕風捉影，無中生有，而置中央的正式決議、領導的正式講話於不顧。這種風氣蠱惑人心，渙散鬥志，危害極大，造成思想混亂，「正可以給堅持資產階級自由化的人和搞政治陰謀的人可乘之機」。㊸李瑞環在中共中央政治局的六名常委中，主要負責思想宣傳工作，雖然黨性堅強，但在手法上較為新穎，強調新聞宣傳要真、新、活、短。或因此故，《中國文化報》在影射李瑞環，顯示文壇的風向更左，也顯見政治鬥爭。

前此，文聯與作協於一九九〇年四月召開座談會，與會者共同呼籲，要重新學習馬克思主義、毛澤東思想，牢固彼等對文藝工作的指導地位，特別要聯繫文藝界，實際學好毛澤東「在延安文藝座談會上的講話」和「鄧小平論文藝」。㊹五月二十一日和二十二日，近六百名文藝工作者聚集北

---

㊷同㊶。

㊸引自拳鼓，「中共『文化報事件』探析」，《中共研究》月刊，第三十三卷第八期（一九九〇年八月），頁三二。

㊹「端正文藝工作方向，大力繁榮文藝創作」，《人民日報》（海外版），一九九〇年四月二十八日。

京人民大會堂，參加由延安文藝學會等十五個單位聯合發起的研討會，紀念毛澤東延安文藝講話發表四十八周年。與會者稱頌這篇講話是「科學的論著」，發展了馬列主義的文藝觀和美學觀。「近幾年資產階級自由化氾濫，我們應當清醒地認識到，這是一場意識形態戰線上的尖銳鬥爭。回答『動亂精英』們向『講話』發出的種種挑戰，是我們義不容辭的責任；就文藝領域內一手抓整頓，一手抓繁榮，沿著『講話』的正確道路，端正文藝方向，整頓文藝隊伍，深入開展反對資產階級自由化的教育和鬥爭，是我們會議必須議論的課題。」❹❺延安文藝講話造成萬馬齊瘖，百花凋零，甚至千萬人頭落地，如今中共又奉為圭臬。「一手抓整頓，一手抓繁榮」，賀敬之在一九九〇年十月九日仍彈此調，但他也承認，此種兩面手法有許多困難。❹❻「眼前無路想回頭」，中共文藝政策的回頭路，卻見殘陽似血。

九〇年代起，鄧小平的文藝政策又常以愛國主義為號召。一九九一年九月二十五日是魯迅的一百一十歲誕辰，二十四日上午，中共在中南海懷仁堂舉行紀念大會，由江澤民擔綱。江澤民一如毛澤東以降的中共領袖，供奉魯迅在祭壇之上，又不時請回人間，解決疑難雜症。中共的問題堆積如山，魯迅的死靈魂也就不得安歇，長期在大陸的天空待命。此次獲派的主要任務，在充當反和平演變的門神，因為「國際敵對勢力一天也沒有停止對我們進行和平演變，資產階級自由化則是他們進

❹❺「文藝界在京研討毛澤東文藝思想」，《人民日報》（海外版），一九九〇年五月十三日。

❹❻「賀敬之評當前文藝形勢」，《人民日報》（海外版），一九九〇年十月十日。

行和平演變的內應力量」，㊼所以要用魯迅愛國主義的光輝典範，教育廣大幹部群眾和青少年。

中共每次提出愛國主義，都因情勢所迫不得不然，所以也都帶有統戰的意味在內。六四事件後的一九九〇年五月三日，江澤民在北京青年紀念五四報告會上宣稱，在現階段，愛國主義的主要表現為：獻身於建設和保衛社會主義現代化的事業，獻身於促進祖國統一的事業。鄧小平曾說：「中國人民有自己的民族自尊心和自豪感，以熱愛祖國、貢獻全部力量建設社會主義祖國為最大光榮，以損害社會主義祖國利益、尊嚴和榮譽為最大恥辱。」㊽此種論調名為愛國，實為愛共，江澤民則奉為圭臬，且引為反和平演變的利器，盼能吸引知識青年，忘卻前一年的鎮壓。然則，墨寫的謊言如何掩蓋血寫的事實？

一九九二年五月，中共擴大紀念毛澤東「在延安文藝座談會上的講話」發表五十周年，強調「講話」所闡述的基本原理不但沒有過時，而且愈來愈顯示出它的不朽價值，和現實的指導意義。㊾中共此時重申，文藝的方向是「為人民服務、為社會主義服務」，文藝的方針是「百花齊放，百家爭

---

㊼ 江澤民，「進一步學習和發揚魯迅精神——魯迅誕生一百一十周年紀念大會上的講話」，《人民日報》（海外版），一九九一年九月二十五日。

㊽ 引自江澤民，「愛國主義和我國知識分子的使命——在首都青年紀念五四報告會上的講話」，《人民日報》（海外版），一九九〇年五月四日。

㊾ 「深入生活，繁榮創作——紀念毛澤東同志『在延安文藝座談會上的講話』發表五十周年」，《人民日報》（海外版），一九九二年五月二十三日，社論。

鳴」，既要一手抓整頓，又要一手抓繁榮。凡此說詞皆無新意，文藝為政治服務的基調並未改變。五月二十二日，文聯、作協和中國藝術研究院，聯合舉辦「堅持和發展毛澤東文藝思想理論研討會」，林默涵致開幕詞，又謂「講話」將永遠閃耀著「真理的光芒」。他還歌頌鄧小平，在堅持和發展毛澤東文藝思想上，做出了卓越的貢獻，因此，學習「講話」必須與學習鄧小平的文藝論述和南巡談話結合起來。由此可知，中共的文藝觸鬚無所不至，不斷要為添新的政令服務，在這樣的訓示下，自由創作如何可能？文學的原貌又如何彰顯？

# 四、結論

文學本是一種抗議，紅樓道情，黑奴籲天，一支不吐不快的筆，直欲寫盡胸中的悲悵，人世的無常。抗議的對象，或為自身，或為社會，或為時代，只要情到深處，每能蔚為共鳴。文學往往始於孤寂，終於同感，是作家的自我完成，也是讀者的依戀之鄉。

在大陸，文學則為政治的寒暑表，敵對者共同的武器。一場長達十年的浩劫，就是從批判新編歷史劇《海瑞罷官》啟其端的。揭發四人幫的罪惡時，傷痕文學也扮演了重要的角色，由此可知，大陸文學不但載運思想，而且攸關政治。文學是有情者的志業，政治是無情者的志業，以有情對無情，能不失望者幾稀。尤有甚者，政治原為一門藝術，若干執政者卻是藝術的門外漢，乃至摧殘者，對作家既低視又高估，既拉攏又威嚇，終致懼恨交加，防範唯恐不周，撒網唯恐不密，結果犧牲了文學，政權未必無憂。古今中外的暴政史，多可支持這項論點；古今中外的文學史，也常屬掙脫暴政的思想自由史。

毛澤東曾經坐收三十年代文學的成果，後來卻受到三十年代作家的反彈，可謂天道好還。一九六二年九月二十四日，他在中共八屆十中全會上有感而發：「現在不是寫小說盛行嗎？利用寫小說搞反黨活動是一大發明。凡是要想推翻一個政府，先要製造輿論，搞意識形態，搞上層建築。革命如此，反革命也如此。」❺⓪此處所謂搞反黨活動的人，其實原先多為他的支持者，例如《苦戀》的作者白樺。十月革命後，俄國文學家盧那察爾斯基寫一劇本，名為《解放了的唐吉訶德》，敘述賽凡提斯創造的這位老武士，曾經奮力解救被囚的革命派，可是革命成功後，他又反對那群為目的不擇手段的仁兄。❺①這種「我贊成你們，也反對你們」的態度，取決於革命派本身的行為。一九四九

---

❺⓪毛澤東，「在八屆十中全會上的講話」（一九六二年九月二十四日），收入《毛澤東思想萬歲》第一輯（一九六九年編印，一九九四年中華民國國際關係研究所複製），頁四三六。

❺①此劇中的唐吉訶德面告革命派：「現在你們的監獄可裝滿了為著政見而被監禁的人。你們的那些人，都在流著自己和別人的血。你們有的是死刑和正法。所以，我這個老武士不能夠不出來反對你們。因為現在你們是強暴的人，而他們是被壓迫者。」「我預先告訴你們：我只要看見有被壓迫者，就算是被你們所壓迫的，就算是用一種新的正義的名目來壓迫的——其實這種新的正義也不過是舊的正義的同胞姊妹——那我就一定要幫助他們，像以前幫助過你們一樣。」唐吉訶德同時思索著：「我的良心講什麼？良心動搖了？不！它說：反對他們吧，因為他們不人道。」此劇的主旨，即在強調人道主義精神。見盧那察爾斯基，《解放了的唐吉訶德》，收入《瞿秋白文集》（四）（初版，北京：人民文學出版社，一九五四年），頁二一三八。

年以後，中國的唐吉訶德們或秉筆直書，或曲筆諷喻，向一個封建的絕大風車挑戰。此舉並未因文革的落幕而結束，一度反呈越演越烈之勢，忙壞了風車的主人，以及奉命吆喝的豪奴。

因此我們想到兩個名詞：自由與解放。自由(liberty)原與解放(liberation)同義，皆指掙脫奴隸或束縛的狀態，恢復人類的本能和尊嚴。四十年代以後，中共以解放者自居，卻與自由人為敵，形成一個極大的矛盾。五十年來的中共史上，閃爍著解放者的刀光，也滲透了自由人的血痕，不見完全好轉的跡象。

萬類皆崇尚自由，此不待教而後能。文學既貴創作，尤賴各自抒發，方可收穫百花競豔的秀色。文壇既如花圃，作家與作品則似植物，理應枝繁葉茂，欣欣向榮。園丁即令官派，也該維護花樹的生命，並助其自由生長，方無愧於職守。此為人盡皆知、家喻戶曉之事，而中共有時不知不曉，演出摧花的慘劇，猶以鋤草自辯。再以馬克思主義的常識立論，下層基礎的物質，必帶動上層建築的精神。六四事件後，中共在經濟上每思衝破西方的封鎖，在意識形態上卻想方設法，一時又走上鎖國的舊路，此實違反馬克思主義。中共以作家為不甘就範的敵人，必欲統一彼等的思想而後快，殊不知人的思想不同，各如其面，毛澤東固然可以「與人鬥，其樂無窮」，信眾執行任務時，就不免心餘力絀了。其生前如此，死後尤然，鄧小平繼志述事，於此體會最深，才有無休的整肅。

毛澤東業已離世多載，死靈魂仍附著於中共的文藝政策中，也禍延大陸作家，可謂其來有自。毛澤東身兼中共的列寧和斯大林，此種雙重身分，已成歷史定論。因此，過去的俄共可以全面批判斯大林，現在的中共則無法全盤否定毛澤東。鄧小平在第四次文代會的祝詞，現已被中共奉為文藝工作的最高指導原則，其中就不止一次稱頌毛澤東及其思想。一九八三年七月出版的《鄧小平文選》，提及毛澤東之處更達五百二十一次，且語多揄揚。鄧小平有關文藝的言行，證明他自己也無法擺脫毛澤東的陰影。

甚至，他根本無意全面擺脫。共產主義本為一種意識形態，文藝則為所有意識形態中，最引人入勝的一環。拿破崙在前線督戰時，猶隨身攜帶《少年維特之煩惱》，並以武人身分，道出「筆勝於劍」這句千古名言。中共在有延安根據地之前，已於文藝戰場先操勝券，一九四九年大陸之赤化，三十年代文人亦有功焉。毛澤東昔日得逞的啟示，鄧小平心領神會，對作家也就既拉攏又威嚇了。時至近年，鉛字在大陸仍多屬管制品，作家欲正式發表作品，須先通過層層把關，與毛澤東時代殊無二致。「有創作自由，下筆如有神；無創作自由，下筆如有繩」。所謂社會主義的創作自由，既以堅持四項基本原則為前提，下筆有神就成為不少大陸作家的奢望了。

一九九七年二月十九日，鄧小平辭世。一九九八年八月，中國作家協會編就《鄧小平論文學藝術》，允為該領域的精華錄。全書分八章，首章題為「必須堅持馬列主義、毛澤東思想」，末章題為「各級黨委都要領導好文藝工作」，❺❷首尾相映，堪稱中共文藝政策的總結。眾所周知，四項基本原則是中共的國策，鄧既身為最高領導人，自然拳拳服膺，無可違逆，直至生命的終結。

至於江澤民，對此也無可違逆。早在一九八九年六月二十四日，六四事件後不久的中共十三屆四中全會上，他被推舉為總書記時，就強調當前第一個政治任務，是徹底平息反革命暴亂。他更表

❺❷中國作家協會編，《鄧小平論文學藝術》（三版三刷，北京：作家出版社，一九九八年），頁一二四。

示，鄧小平提出的改革開放，是以堅持四項基本原則為前提。有別於犯了重要錯誤的趙紫陽。㊼他的政治態度如此，文藝態度亦然。毛澤東喜愛作詩填詞，江澤民也喜愛吟詩唱詞，形式上都不能忘情於中國文學，政策上則仍以馬列主義為尊，逾半個世紀不改其本質，已為世所共見了。

一九九六年十二月十六日，江澤民在文聯第六次大會、作協第五次大會上聲稱，社會主義精神文明建設，包括文藝工作，都要堅持以馬列主義、毛澤東思想和鄧小平理論為指導，其中鄧的理論，是指有中國特色的社會主義。他還要求文藝界，認真學習馬克思、恩格斯、列寧的文藝論著，特別要認真學習毛澤東「在延安文藝座談會上的講話」，以及鄧小平「在中國文學藝術工作者第四次代表大會上的祝詞」。他同時重申，「為人民服務，為社會主義服務」，是必須堅持的根本原則。㊽上述說法適足以證明，江澤民沒有自己的文藝觀，政策皆襲自毛澤東和鄧小平，尤以後者為重。

時至今日，在中共的世界裡，「人民」仍與「敵人」相對，指為一定歷史時期，起進步作用的階級、階層和集團的總和。「在社會主義革命和建設時期，一切贊成、擁護和參加社會主義革命和建設的階級、階層和集團，以及一切擁護祖國統一的愛國者，都屬於人民的範圍。」㊾換言之，凡是不擁護社會主義和中共定義下的祖國統一者，皆非人民。這兩項條件缺一不可，則可見其範圍之

㊼江澤民，「在中共十三屆四中全會上的講話」（一九八九年六月二十四日），收入阮銘編著，《透視總書記——江澤民文選導讀》（初版，臺北：財訊出版社，一九九八年），頁一八〇。

㊽江澤民，「在中國文聯第六次全國代表大會、中國作協第五次全國代表大會上的講話」（一九九六年十二月十六日），收入㊻引書，頁一九〇。

㊾見許征帆主編，「人民」，《馬克思主義辭典》（初版，吉林：吉林大學出版社，一九八七年），頁二一〇。

狹窄。

至於「社會主義」，中共的主要定義如下：（一）科學社會主義是馬克思主義的組成部分，唯物史觀和剩餘價值說為其理論基石，闡明資本主義社會的本質和運動規律，指出埋葬資本主義、建設社會主義、共產主義的道路和力量。（二）由無產階級政黨領導的無產階級解放運動，是代表無產階級根本利益的社會主義運動。（三）社會主義做為一種社會制度，是指共產主義的低級階段，只有當產品極大豐富，人們覺悟極大提高時，才能最後消滅工農差別、城鄉差別、腦力勞動和體力勞動的差別，實現共產主義。[56]準此以觀，中共所謂的「人民」和「社會主義」，皆非廣義，「文藝為人民服務，為社會主義服務」，其實是為共產黨服務，以及為共產主義服務。因此，它只是中共文藝政策的新瓶，而無太多新義。

如前所述，文學本來也就是一種抗議。二十世紀的抗議文學，隨著政治暴力的變本加厲，愈見內容的翻新，從中國的王實味，到俄國的索忍尼辛，無不記載了虛假與真實，作者本身也演出了死亡與流放，其人其文，皆為如假包換的血淚。「忍看朋輩成新鬼，怒向刀叢覓小詩」，魯迅初成此二句時，分作「眼看」與「刀邊」，今貌顯然更為傳神。其後的作者，在刀叢中進出，或死去，或活來，幸多留下足以傳世的篇章，向舉世鋪陳中華大地的悲愴，以及西伯利亞雪原的酷寒，使讀者知所警醒。如今，雪原業已解凍，大地回春則待更大的努力。回春之道，在中共文藝政策的扭轉或淡出。這是一個大時代的課題，和整個中共的制度有關，值得全體中國人嚴肅以待。

---

[56] 見許征帆主編，「社會主義」，同[55]引書，頁五九三。

# 兩岸報紙副刊的文學經驗

## 一、前言

副刊，尤其是文學副刊，堪稱中國報紙的特色，既豐潤了媒體，又提振了文風，其貢獻不可磨滅，彰彰在一代又一代的讀者耳目。報紙若無文學，固無雋永的生命與價值；文學若無報紙，又如何日日夜夜進入家家戶戶？文學副刊之於報紙，正如虎之添翼，能躍能飛，英姿每在讀者的記憶與盼望中。

中國報紙自有成形的副刊，至今已逾百年。一八九七年十一月二十四日，上海《字林滬報》附出《消閒報》，是為第一份副刊，然其滿紙風花雪月，功能的確只在消閒而已。❶一九二一年十月

❶秦賢次，「中國報紙副刊的起源與發展（一八七二至一九四九）」，《文訊》月刊，第二十一期（一九八五年十二月），頁四五。另據考證，中國第一份成形副刊《消閒報》誕生於一八九七年十一月二十日，即清光緒二十三年十一月初一日，其內容包括詩詞、筆記、掌故、傳記、諧文等，並雜載一些新聞材料。見戴邦、錢辛波、盧惠民主編，《新聞學基本知識講座》（初版，北京：人民日報出版社，一九八四年），頁二九四。

十二日，孫伏園先生主編的北京《晨報》副刊正式問世，內容兼及中外，可謂第一份新文學副刊，徐志摩先生接編後，更見踵事增華，出現了新詩的專刊。從此以後，作家主編文學副刊蔚然成風，郁達夫、劉半農、魯迅、吳宓、沈從文、蕭乾、陳紀瀅、梁實秋、宗白華、劉以鬯等先生，皆曾主持編務，各放異采。

從五四運動到一九四九年，中經爭鳴齊放的三十年代，以及浴血保國的抗戰歲月，儘管內外紛擾，時局不靖，文學副刊始終不絕於中國的報紙。一九四九年起，臺海兩岸壁壘分明，報紙立場天差地別，副刊也就各行其是，值得在此並覽，以究其文學態度的異同。

## 二、臺灣報紙副刊的文學經驗——以《聯合報》為例

一九四九年十二月，政府播遷來臺，中華民國的命脈，此時不絕者如縷。政府從大陸帶來了軍隊、黃金、故宮文物，也帶來了各式人才，其中包括報人。以《新生報》為例，在臺創刊最早，網羅了《申報》大部分的編採人員，其陣容有「良將如雲，謀臣如雨」之稱。❷整個臺灣報業，一如中華民國，在千辛萬苦中成長，可謂敗部復活，超越前進。

五十年代，《新生報》、《中央日報》、《中華日報》、《中國時報》、《聯合報》，讀者視為臺灣五大

❷于衡，「聯合報二十年」。引自賴光臨，《七十年中國報業史》（初版，臺北市：中央日報社，一九八一年），頁二三〇。

報。其後《中國時報》、《聯合報》脫穎而出，成為臺灣兩大報。上述各報的副刊，多能延續五四運動後文學副刊的傳統，且見發揚光大。《新生報》副刊歷屆主編，包括馮放民（鳳兮）、姚朋（彭歌）、童常（童尚經）、楊濟賢（震夷）、劉靜娟等先生女士，❸皆為作家出身，此亦與大陸的傳統相同，其中以馮放民先生的勞績最著。

《中央日報》副刊歷屆主編，包括耿修業、薛心鎔、孫如陵、陸鐵山、胡有瑞等先生女士，❹多為新聞專業人士，其中以孫如陵先生的任期最長，影響力也最大。筆者在臺灣出生成長，六十年代初期起，已是「中央副刊」每天的讀者，在這份國民黨的報紙上，讀到許多小說與散文佳作。「中央副刊」直承孫伏園先生的風格，注重作品的文學價值，阻擋政治的教條干擾，培養了不分省籍的無數作家，當今海內外的文壇重鎮，率多出身於該刊者，遂使孫如陵先生在中國副刊史上，與孫伏園先生齊名。後來的主編章益新（梅新）先生，是新聞系畢業的詩人，延續了《中央日報》「中正、和平、樂觀、奮鬥」的宗旨，也增強了副刊的新聞感和活動力。

❸《新生報》副刊歷屆主編名單如下：傅紅蓼、馮放民、張明、姚朋、童常、林期文、楊濟賢、劉靜娟，其中馮放民兩任該職。見《文訊》編輯室，「各報副刊歷任主編名錄」（民國三十四年至七十五年），《文訊》月刊，第二十二期（一九八六年二月），頁一〇二。

❹《中央日報》副刊歷屆主編名單如下：耿修業、薛心鎔、孫如陵、陸鐵山、王理璜、胡有瑞，其中孫如陵兩任該職。見❸引書，頁九一。

《中華日報》副刊歷屆主編，包括徐蔚忱、趙之誠、林適存、蔡文甫等先生，❺多服膺溫柔敦厚的詩教，也銜接了新文學副刊的血脈，數十年如一日。後來的主編應平書女士，蕭規曹隨之餘，時以季節的變化和軟性的話題，徵文於作家與讀者，因此常保清新的形象。上述三家副刊，多已成為各該報的靈魂，每有淩駕新聞版面之勢，此或因新聞受限於官意與黨見，而副刊尚能以文學為重，故能獲得讀者的垂青。

《中國時報》「人間副刊」歷屆主編，包括畢珍、王鼎鈞、桑品載、高信疆、陳曉林、金恆煒、陳怡真、季季等先生女士，❻在王鼎鈞先生奠定的基礎上，高信疆先生勇往直前，一路攀登。讀者此時閱讀該刊，直如置身山陰道上，美景應接不暇，既可見上山下海的報導文學，又目睹春雷初動的大陸文學，還飽覽遊子懷鄉的海外文學，凡此反映了高先生的編輯三原則：擁抱臺灣，熱愛中華，胸懷天下。孫中山先生強調的「鼓動風潮，造成時勢」，高先生於文藝方面身體力行，故有「紙上風雲第一人」之譽。「人間副刊」後來的主編楊憲卿（楊澤）先生，在有利的背景下敬謹將事，大體維持了該刊的批判風格。

---

❺《中華日報》副刊歷屆主編名單已如正文所載，即：徐蔚忱、趙之誠、林適存、蔡文甫，其中蔡文甫任職長達二十一年。見❸引書，頁九三。

❻《中國時報》「人間副刊」歷屆主編名單如下：徐蔚忱、李葉霜、畢珍、王鼎鈞、桑品載、高信疆、陳曉林、王健壯、金恆煒、陳怡真、季季，其中徐蔚忱、高信疆皆兩任該職。見❸引書，頁九三。

《聯合報》副刊歷屆主編，包括林海音、平鑫濤、馬各（駱學良）等先生女士，❼皆有回憶錄傳世。後來的主編瘂弦（王慶麟）先生，更重視保存史料，且已整理出版其精要，便於查考，其他副刊則付之闕如。因此，本文試以「聯合副刊」為例，說明臺灣報紙的文學經驗，再與大陸報紙的副刊相較。

一九五三年十一月一日，林海音女士接編「聯合副刊」，此時該報已創刊兩年，「聯副」是綜藝性濃，文藝性淡。她為了提高後者的濃度，便從兩方面著手，一是多登創作，包括散文與小說；二是翻譯當代外國作品。此種編輯方針，正與孫伏園先生相同。本省籍的作家施翠峰、廖清秀、鍾肇政、文心、陳火泉、鍾理和、鄭清文、吳瀛濤、張良澤、鄭清茂、莊妻、林鐘隆、鄭煥、陳若曦、葉珊、黃春明、七等生、楊逵、李喬、丘秀芷等先生女士，作品即多次在「聯副」發表，使得五十和六十年代的臺灣文壇，已見枝繁葉茂。其中鍾理和先生更是常客，其一生的著作，可謂百分之九十都在「聯副」披露。❽一九六〇年八月三日，鍾先生以四十四歲的英年病逝，林海音女士以編者的立場刊出悼文，驚動了許多文友與讀者。該年九月一日，「聯副」開始連載其遺作《雨》。一九六一年二月二十四日，又開始連載其遺作《笠山農場》，這部長篇小說曾獲中華文藝獎金委員會的首獎，表達了作者的鄉土之愛。一九六三年四月底，林女士離開了「聯副」，留下了文學的豐收。

---

❼《聯合報》副刊歷屆主編名單如下：沈仲豪、林海音、平鑫濤、馬各。見❸引書，頁一〇四。

❽林海音，「流水十年間——主編聯副雜憶」，收入《風雲三十年》，「聯副」三十年文學大系史料卷（初版，臺北市：聯合報社，一九八二年），頁一〇五。

一九六三年六月十二日，平鑫濤先生接編「聯副」，此時民營報紙的競爭已十分激烈。他再度增加「聯副」的文藝比重，大量刊登小說，朱西寧、司馬中原、華嚴等先生女士的傑作皆見於此，季季、張菱舲、林懷民等新人也在此一舉成名。一九六四年九月，「聯副」徵求「精選小說」，來稿千餘件，選出十二篇，並入選佳作二、三十篇，陸續發表，實開日後各報文學獎的先河。一九六五年一月起，又推出「名家小說集粹」，網羅名家名作，與前者的新人新作相較，可謂各擅勝場，形成文學的競逐。一九七〇年，更舉辦「接力小說」，由朱西寧、司馬中原等十位作家執筆，席德進、廖未林等十位畫家配圖，亦一時之盛。稍後再邀孟瑤、張秀亞等十四位作家執筆，龍思良、高山嵐等十四位畫家配圖，文壇與藝壇又見結合。一九七一年起，「聯副」增闢許多專欄，包括「各說各話」、「在天之涯」，擴大了作者與讀者群。一九七四年三月一日起，「聯副」擴充為一整版，較前增加三分之一強，從此每天的頭條都有插圖，刊頭也日日換新，長篇小說更能一吐為快了。至於諾貝爾文學獎、芥川獎、川端康成獎的作品，「聯副」念茲在茲，自然多所譯介。❾一九七六年一月底，平先生離開了「聯副」，留下一個小說的王國。

一九七六年二月一日，馬各先生接編「聯副」，此時兩大報的競爭益形白熱，副刊也不例外。他在爭取海內外的稿件時，函電交馳，不遺餘力，姜貴、吳魯芹、何懷碩、陳若曦等先生女士，就多次接其來信。❿陳若曦的《查戶口》，是專為臺灣讀者寫的第一篇小說，即刊於「聯副」。一九七

---

❾平鑫濤，「憶聯副」，收入❽引書，頁一二六。

❿馬各，「譬如飲水——兩編聯副雜憶」，收入❽引書，頁一二九～一八〇。

七年一月一日起，又連載其長篇小說《歸》，一年後始結束，個中交涉頗費周章。一九七六年三月二十八日，「聯副」刊出第一屆小說獎徵選辦法；九月十六日，王惕吾先生主持贈獎典禮；此後二十年，佳作湧現無數。一九七七年六月，《聯合報》正式成立副刊組，馬各先生擔任主任。同年九月底，他離開了「聯副」，升任副總編輯。

一九七七年十月一日，瘂弦先生接編「聯副」，鋪陳出中國副刊史的又一勝景，也宣告了新時代的來臨。其後的「聯副」上，百花齊放，千巖競秀，萬壑爭流，其大其久，實前所未有，堪稱兩岸報紙副刊之最。瘂弦先生深切體認，文藝副刊是中國報紙的傳統，也是「聯副」的一貫風格，這個大前提與大原則，不可一日或忘；副刊當然該變，但萬變不離其宗，這個「宗」就是文藝。⓫他一念不改，辛勤耕培，以七千天的汗水，造就了一座眾神的花園。

前此，瘂弦先生接編《幼獅文藝》時，曾就教俞大綱和顧獻樑先生，前者告以「從傳統出發」，後者告以「中國的古代，世界的現代」，皆深植其心，且強烈影響其編輯理念。一九七八年三月，「聯副」推出「心影錄」專欄，即以傳記文學的方式，彰顯過去的時代精神。同年十月二十二日，舉行「傳下這把香火——光復前的臺灣文學」座談會，與會者有楊逵、杜聰明、楊雲萍、黃得時、郭水潭、陳逢源、龍瑛宗、吳坤煌、巫永福、劉捷、王昶雄、陳火泉、郭秋生、王詩琅、廖漢臣、林芳年、楊熾昌、葉石濤等先生，這是光復後本省籍老作家的首次文學聚會，頗具歷史意義。⓬一

⓫ 瘂弦，「還不是回憶的時候——一束不是回憶的回憶」，收入❽引書，頁一九一。

⓬ 同⓫，頁一八四。

九八〇年七月二日，「聯副」再度舉行「光復前的臺灣文學」座談會；同年十月二十四日，楊逵先生的文章「光復前後」，揭開「寶刀集」的序幕，證明大家寶刀未老。從林海音女士到瘂弦先生，「聯副」的主編三易其人，但關懷本省籍的作家則一，他們的作品在該刊，也就歷四十年而不衰。

「聯副」重視「現代傳統」，例不勝數。一九七九年四月起，推出「五四專輯」，從累月的證詞中，收回了中國現代史的失土。同年七月六日，推出「抗戰文學」專題系列，選刊多家代表作，以及當時流行的木刻畫，證明民族文學戰勝了階級文學，更鼓舞了士氣民心，凡此都擊痛了大陸官方。這也可以旁證，瘂弦先生並未以臺灣的同業為對手，心心念念則在民族的喜怒哀樂。在臺灣置之死地而後生的五十年代，不少作家為爭自由而奮筆，其中許多作品超越了時空，不應失傳或受到誤解，因此他籌劃「在飛揚的年代——五十年代文學座談會」，邀請陳紀瀅、王集叢、張秀亞、尹雪曼、艾雯、鍾雷、上官予、公孫嬿、師範、馬各、楚卿、王靜芝、潘壘、馮放民、司馬中原、朱西寧、郭嗣汾、段彩華、楊念慈、亞汀、田原等先生女士，重溫那個時代的文學精神，闡明其歷史意義。一九八〇年五月四日，「聯副」刊出座談會的紀錄，時至今日，五十年代文學的整理與研究仍待加強。「聯副」若能透過聯經公司，出版一套五十年代作品選集，必有功於新文學史。

日本明治維新有一特色，即求知識於世界。「聯副」對於「世界的現代」，也多所關注，其廣度與熱度不下於正刊，而文學的深度則屬獨到。一九七八年七月十七日起，推出「世界文壇風向球」；一九八〇年十月十三日起，推出「世界文壇大師作品掇英」，介紹過非洲作家聶波、美國作家歐慈、南美作家馬奎斯等人的代表作。一九七八年起，更以最快的速度，擴大報導諾貝爾文學獎，多年來從未間斷，且帶動了其他報紙的副刊。每年得主揭曉的臺北時間，總在晚上八、九點，無論天涯海角，原屬何種語文，「聯副」總能在數小時之內，以整版的篇幅，介紹其人其作給臺灣讀者，由此我們認識了以撒辛格等大師，也目睹了該刊的敬業。

梁啟超先生認為，欲新一國之民，則當先新一國之小說，因為小說是國民的靈魂，也是文學的最上乘。拿破崙在前線督戰時，隨身攜帶的不是兵書，而是《少年維特之煩惱》。中外的例子都可證明，小說具有不可思議的魔力。「聯副」素重小說，瘂弦先生更指出，文藝創作是副刊的重心，小說則是重心的重心，一個副刊的成敗，要看有沒有好小說。⓭他有此體認，擴大了小說獎的範圍，除短篇外，增設長篇、中篇和極短篇，後者為「聯副」所創，流行至今。第五屆小說獎的長篇得主是蕭麗紅女士，作品是《千江有水千江月》，瘂弦先生覺得，它表現了中國人愛的哲學，很像是一部臺灣版的《紅樓夢》，也代表了鄉土文學成熟的提升。「鄉土文學一定要提升到民族的層次，才有它的意義，方言不方言還是次要的問題。如果說寫寫鄉下老農，帶幾句閩南話和客家話就算是鄉土了，那未免是太皮相的看法。」⓮此說未必能獲所有人同意，但有世界文學史的根據，亦可移為鄉土文學論戰的結語。自古以來，中國作家的目光，最後總是回到鄉土，這是一個可貴的傳統，臺灣作家還有一個可貴的傳統，就是並未自外於中華文化。吳瀛濤先生曾經寫信給瘂弦先生，談到光復前的情況：「我們當時雖然是用日文寫作，但是我們寫的卻是中國人的精神，我們要以異族的語言，

⓭同⓫，頁一九一。
⓮同⓫，頁一九四。

跟他們在文學上分庭抗禮。」⓯中國人立場之復歸，由此獲得驗證，前輩作家的風範，已成為文學史的指標了。

除了年度小說獎，「聯副」平日就不斷推出小說，也設置多種專題。一九七八年五月，刊出「這一代的小說」；一九七九年三月，刊出「小說工作坊」；同年五月，刊出「拿出作品來——小說的出發」；同年十一月，刊出「聯副新人月」；一九八〇年一月，刊出「傳真文學」；同年八月，刊出「小說潮——以實際的行動向曹雪芹致敬」；同年九月，刊出「小說潮之二——唐人街小說選譯」；一九八一年一月，刊出「金兆週——小說作家個展」；同年九月，刊出「世界華人文學精華錄」。類似的盛宴，在八十年代更見舉辦，至今猶有餘味，其最大的貢獻，在提攜了新人；至於作品能否傳世，則尚待時間的考驗。梁啟超先生指出，文學是作者「觸受」了社會生活後的產物。⓰臺灣的社會生活如果過於安逸庸俗，則恐不易產生偉大的作品；反之，「國家不幸詩家幸」，苦難造就了文學。如何使國家與詩家、小說家皆幸，是大家努力的方向。

除了小說，「聯副」也未忽視其他文類。一九八四年起，《聯合報》小說獎附設散文獎；一九九〇年起，附設報導文學獎；一九九一年起，附設新詩獎；一九九三年起，統稱《聯合報》文學獎。散文是「聯副」的大宗，從「四塊玉」的晶瑩剔透，到「感時篇」、「三三草」的老成謀國，無不牽

---

⓯同⓫，頁二〇四。

⓰梁啟超，「論小說與群治之關係」，收入《飲冰室文集》第二冊（三版，臺北市：臺灣中華書局印行，一九八三年），頁六。

動讀者的心。瘂弦先生是詩人，深知新詩運動的得失，也明瞭副刊編者具有文學人、新聞人和社會人三種角色，所以提倡「新聞詩」，結合文學與新聞等，盼能吸引更多的目光。他舉杜甫的「聞官軍收河南河北」為例，說明好的新聞詩足以傳千古。其用心可感，但「新詩大眾化」仍屬不易，「有井水處即有柳歌詞」的前例，值得詩人仰望低徊了。六十和七十年代，報導文學在臺灣初展風雲，「聯副」延續三十年代以來的香火，推出「大特寫」等，不讓「人間副刊」專美於前。從本土到國際，都是報導文學的題材，其有別於新聞報導者，正是瘂弦先生堅持的「文學」與「文藝」。他生長田間，從一個年輕的農民，成為流亡學生，後來又當過軍人。這三種身分，似不如詩人和文學副刊主編這兩種身分廣為人知，此固由於其成就使然，但文學於他、於讀者，果亦有不可思議的魔力！

一九九六年十一月十日起，「聯副」推出「眾神的花園」專輯，由王德威、劉克襄、黃武忠、東年、丘彥明、李瑞騰、莊裕安、陳克華、何懷碩、杜十三、陳裕堂、盧郁佳、齊邦媛、馬森、曾永義、黃碧端、李黎、陳長房、封德屏、張大春、渡也、蔡詩萍、江中明、張淑英、趙衛民、郝譽翔等先生女士，從多角度與多面向，勾勒該刊二十年來的文學風貌。誠如王德威先生指出，文學創作原來不是圓滿自足的活動，而必須與種種傳播形式交相為用。⓱《聯合報》身為強勢媒體，在企業化的經營下，每日騰出整版的空間，讓文學作品飛躍其上，進入尋常百姓家，其潛移默化之功，勝過文學院的講堂。陳獨秀先生祝禱的國民文學、寫實文學和社會文學，也就是五四時期文學革命的內容，今於「聯副」得之，而繁複豐美之姿，萬花撩亂之趣，遠非昔日所能想像，可謂後生者的

⓱王德威，「小說創作與文化生產——聯副中長篇小說二十年」，《聯合報》，一九九六年十一月十日。

福分了。

## 三、大陸報紙副刊的文學經驗——以《人民日報》為例

「大陸報紙副刊的文學經驗」，如欲探究這個命題，須先明瞭中共的新聞政策、文化政策和文藝政策，規避上述政策，就無以論大陸的報紙，以及副刊與文學了。

中共的文化政策，可以文藝政策為代表，但其整體面貌亦值得觀察。共產黨基於唯物史觀，認定人類在歷史實踐中，文化隨著物質資料生產方式的發展而豐富和積累，具有歷史的繼承性。至於社會主義文化，亦即無產階級文化，通指社會主義的教育、科學、哲學、道德、文學、藝術等社會精神生活形式的總和，以及與之相應的設施。它是社會主義政治和經濟在意識形態上的反映，並對社會主義政治和經濟產生巨大的影響。中共現仍強調，堅持馬克思主義，堅持無產階級政黨領導，堅持社會主義道路，堅持人民民主專政，是社會主義文化發展的基本原則。⓲由此可知，共產黨的文化觀，不脫為政治服務的舊調，且由於政治的強力主導，文化的附屬性和教條化尤顯強烈，時有悲劇穿插其間。

共產黨的文化特質為階級性，無產階級文化既偏重社會精神生活的控制，則對文化人或知識分子尤為敏感，從馬克思到鄧小平，都有敵視知識分子的紀錄。馬克思本人雖為書生，但在論及剩餘

⓲「社會主義文化」，收入夏征農主編，《社會主義辭典》（初版，吉林人民出版社，一九八五年），頁三四二。

價值時，貶抑精神勞動在生產過程中的地位，又在「德意志意識形態」中斷言，只有物質勞動和精神勞動分離時，才開始真正的分工。恩格斯在「反杜林論」中則表示，精神勞動者逐漸形成一個脫離直接生產勞動的階級，為了自己的利益，永不錯過機會，把越來越沉重的負擔，加在勞動群眾肩上。因此，在馬克思和恩格斯的眼光中，精神勞動者和體力勞動者嚴重對立，而且前者迫害後者，罪不可逭。

毛澤東受馬克思影響，認為知識分子帶有主觀主義和個人主義的傾向，思想往往是空虛的，行動往往是動搖的。他又繼承列寧和斯大林的觀點，主張改造知識分子，命令他們向體力勞動者學習。及至文革期間，知識分子的身心更飽受摧殘，民族生命力亦遭嚴重破壞。鄧小平在一九五七年反右鬥爭時，充當毛澤東的助手，該年十月十九日，他在《人民日報》發表關於整風運動的報告，明言要用揭露、孤立和分化的方法，「有的還要用懲辦和鎮壓的方法」，⑲來處置無數的知識分子。他同時表示，思想改造是一個長期任務，可能還需要十年以上。無獨有偶，他在一九八七年向自由化宣戰時，又強調鬥爭應該進行「至少二十年」。明瞭以上背景，世人在驚見一九八九年六月神州濺血時，不難感到其來有自，而對大陸知識分子的反彈，也就不覺意外了。

⑲ 鄧小平，「關於整風運動的報告」（一九五七年九月二十三日在中國共產黨第八屆中央委員會第三次擴大全體會議上的講話），《人民日報》，一九五七年十月十九日。

今日大陸的新聞工作，正是社會主義文化的一環，共產黨將此列入無產階級專政的主要任務，並名之為「思想影響的工具」，毛澤東更認為，報紙是推翻一個政權的有力武器。⑳因此，中共新聞工作的傳統，特別表現在黨的領導上，並要求自覺地接受領導，和黨完全一致。換言之，新聞工作必須以馬克思主義為指導思想，宣傳黨的路線方針政策，堅持民主集中制原則，遵守黨的宣傳工作紀律。至於新聞事業的特性，則首重階級性，強調有時同一事實，經過不同的新聞機構處理後，可以變成兩條根本對立的消息。依中共之見，在階級區分的時代，新聞報導既含意識形態，就其總體而言，是有階級性的。新聞是客觀事實經過報導者頭腦的反映物，身為報導者集體的新聞機構，總是為一定階級或其他政治集團所掌握；身為報導者個體的新聞工作者，也自覺或不自覺地成為一定階級的代言人。凡此觀點，說明其新聞政策一如文藝政策，都反對超越階段，也都無自由的概念。大陸的報紙，包括正刊與副刊，就是這種觀點下的產物。

六四事件後，中共有感於「資產階級自由化」的影響深遠，特別加強控制輿論，報紙首當其衝，成為高度關切的對象。江澤民重申，新聞工作是黨的整個事業一個重要組成部分，因此不言而喻，必須堅持黨性原則。他反對人民性高於黨性之說，認為是在否定和擺脫黨對新聞事業的領導。「堅持黨性原則，就要求新聞宣傳在政治上必須同黨中央保持一致。各級黨報要這樣，部門的和專業性的報紙也要這樣。雖然有許多新聞本身不帶政治性質，但是，從任何一個報紙、電臺、電視臺的總的新聞宣傳來說，都不可能脫離政治。」㉑據統計，大陸縣級以上的黨報此時近四百家，占全境正

⑳引自汪學文，《中共文化教育概論》（初版，臺北市：正中書局，一九七六年），頁二三四。

式登記出版報紙的百分之二十左右，發行量也與此相若，比例不可謂大，但在一黨專政的國度，黨報成為報業的核心，辦好黨報是整個報業的頭等任務，其根本使命就是政治宣傳，中共對此拳拳服膺。㉒至於專業報紙，據一九八六年一月的調查，已達全大陸報紙的百分之四十，在當局的訓令下，也要堅持黨性，這就令人感到橫加干涉的簡單粗暴了。中共新聞、文化和文藝政策的泛政治化，是大陸報紙進步緩慢的一個原因。

至一九九四年底，大陸正式登記出版的報紙共二一〇九種，中共最重視的是《人民日報》，因為它正是中共中央主辦的。社內現有編委會、中央紀律委員會駐社紀律檢查組、海外版、人民日報社華東分社、總編室、經濟部、教科文部、國內政治部、群眾工作部、記者部、國際部、評論部、理論部、文藝部、市場報編委會、新聞戰線編輯部、出版社、事業發展局、機關黨委辦公室、辦公廳、人事局、外事局、行政管理局、經理部、計畫財務司、老幹部局等機構。㉓其中較特殊者有二，即中央紀律委員會駐社紀律檢查組和機關黨委辦公室，一九八七年一月二十三日，中共開除資深記者劉賓雁先生的黨籍時，即透過此二機構為之。中共稱劉先生是文藝界的腫癌，而且業已割除。此語頗似出自反右和文革期間，鄧小平的改革開放也就與政治無關了。

---

㉑ 江澤民，「關於黨的新聞工作的幾個問題——在新聞工作研討班上的講話提綱」（一九八九年十一月二十八日），《人民日報》，一九九〇年三月二日。

㉒ 李良榮，《中國報紙的理論與實踐》（初版，上海：復旦大學出版社，一九九二年），頁一六三。

㉓ 《中國新聞年鑒》（一九九五）（初版，北京：中國新聞年鑒雜誌社編輯出版，一九九五年），頁五六三。

一九四八年六月十五日，《人民日報》創刊於河北平山，初為中共中央華北局機關報，由原來的晉察冀邊區中共機關報《晉察冀日報》、晉冀魯豫邊區中共機關報《人民日報》合併而成，以宣傳中共的方針政策為主要內容。㉔一九四九年三月十五日，遷至北平出版，該日亦被視為創刊日。㉕此時出報一張，已有副刊「人民園地」。一九四九年八月一日，改為中共中央機關報，主要任務是：傳播中共中央和政權的方針、政策和主張，報導大陸內外重大新聞，闡述和討論思想理論上的問題，宣傳中共的建設和工人、青年、婦女等群眾團體的工作，交流經濟、文化、科學、教育等各方面的工作經驗和成就，刊登讀者來信等。該報近年每週一至週五出三大張，週六兩大張，週日一大張，其中「大地副刊」每日見報。相形之下，臺灣兩大報與《人民日報》的人力相近，卻經常日出十五大張左右，這顯示了兩岸報業的又一差異。

一九四九年八月一日和二日，《人民日報》連續登載啟事，內稱「本報八月一日改出一張半，內容包括國內要聞、解放區新聞、北平新聞、國際新聞、專刊、綜合副刊等」。㉖既曰綜合，則非文學副刊，殆可斷言。稍後，有「人民文藝」版，為專刊性質，但內容仍非純粹的文藝批評。例如，一九五一年五月二十日，毛澤東在《人民日報》撰寫社論，題為「應當重視電影『武訓傳』的討論」，

㉔「人民日報」，收入王檜林、朱漢國主編，《中國報刊辭典》（一八一五至一九四九年）（初版，山東：書海出版社，一九九二年），頁四一九。

㉕同㉓，頁五六三。

㉖李莊，《人民日報風雨四十年》（初版，北京：人民日報出版社，一九九三年），頁九〇。

指這部電影是「反動宣傳」，代表「資產階級的反動思想侵入了戰鬥的共產黨」，㉗中共因此展開建立政權後的第一次文藝整風。同日，該報「人民文藝」版即出現兩篇表態文字，檢討立場，並承認錯誤。文前的「編者按」更表示：「這種自我批評是需要的，雖然他們的檢討還極不深刻。」接著又鼓吹：「對『武訓傳』電影及其他有關武訓的各種著作中的錯誤觀點，必須進行一個全面的、有系統的、深入的批判。」㉘這種批判並未著眼於文藝，而規定要與資產階級思想對抗，強調是一場政治鬥爭。此後的文藝整風，一波勝過一波，至文革達到高潮。《人民日報》跟著中共中央走，跟著政治走，正刊和專刊如此，副刊也不例外。

文革結束以後，大陸人民從死亡的幽谷中走出，報紙的氣氛也略為寬鬆，但中共仍然主張，社會主義報紙的副刊，是整份報紙這個有機體的組成部分，所擔負的任務和整個報紙根本一致，因此不能游離在外。㉙副刊和整個報紙宣傳的配合，可分直接和間接兩種，前者是配合當天或近期內具體特定的新聞、評論或宣傳中心，直接發揮補充、解釋和闡揚的作用，其時效較強。例如，一九八○年十一月二十一日，《人民日報》發布了公審「林江反革命集團」的消息，次日的副刊就登載一篇劇評，正題為「革命與反革命的大決戰」，副題為「話劇『九一三事件』觀後」。二十四日的副刊

㉗毛澤東，「應當重視電影『武訓傳』的討論」（一九五一年五月二十日），收入《毛澤東選集》第五卷（初版，上海：人民出版社，一九七七年），頁四七。

㉘同㉖，頁一三一。

㉙戴邦、錢辛波、盧惠民主編，《新聞學基本知識講座》（初版，北京：人民日報出版社，一九八四年），頁三○二。

又發表了雜文「冤有頭，債有主」、詩作「審判，審判他們」和「詩的起訴」，另有漫畫「康生左手」，速度不可謂慢，但內容都是政治的批判。至於間接的配合，是指長期宣傳一項任務，例如「四個現代化」，副刊亦有責焉，但時間不太緊迫，可經年累月為之。

時至今日，《人民日報》的「大地」，常以「文學副刊」四字印於刊頭，自我期許頗高，然觀其作品，提及當局或政策者，幾乎無日無之，且語皆揄揚，這是臺灣報紙副刊少見的現象，「聯副」更不可能出現。現以一九九六年十一月十一日至十三日，週一至週三，《人民日報》副刊的內容為選樣，說明其文學的態度。

一九九六年十一月十一日，《人民日報》副刊的頭條是「水東港之歌」，首段就提到：「一九九五年四月二十六日至五月三日，第二屆全國工業企業技術進步成就展覽會在北京開幕。四月三十日二〇時，江澤民主席來到展覽會。當他在中國石化展廳看見茂名石化水東港單浮圖片時，他停下來，向中石化公司總經理盛華仁詢問單浮情況，詢問可停靠多少噸級油船？單浮水深多少？單浮工作各方面情況如何等等。他最後讓盛總經理轉告港口公司，一定要搞好國內首家單浮，不辜負國家和人民的期望！」㉚這個「光明的起頭」，大陸報刊視為理所當然，連同「光明的尾巴」，充斥字裡行間。同日的專欄，題為「微笑後面的道理」，也有這樣的筆觸：「精神文明的美與美德，就這樣愉悅著人們並且陶冶了孩子的心靈。感慨之餘細細思量，覺得這微笑、這美和美德來得可真不易。這是時代使然。馬克思主義的道理，鄧小平建設有中國特色社會主義理論的偉力，精神文明建設全融

㉚ 謝東陽，「水東港之歌」，《人民日報》，一九九六年十一月十一日。

在這裡呢！」㉛這樣直露的宣傳，與正刊殊無二致，然其文字的藝術價值，就不可謂高了。

一九九六年十一月十二日，《人民日報》副刊的頭條是「重返潮安」，首尾兩段如下：「新中國誕生後，這一〇〇〇多平方公里的土地劃歸潮州。直到一九九一年十二月經國務院批准，才恢復潮安縣制。這是中央從經濟引發的戰略意義來考慮的，也是對歷史文化淵源和潮安人意願的尊重，於是一個嶄新的潮安縣便在改革開放的浩蕩春風裡誕生了。」「我們在潮安逗留非常短暫，然而卻深切地感受到，潮安人深摯地熱愛潮安，這種鄉戀情結同愛國主義精神融會，是多麼美好的情愫啊！」㉜愛國主義是中共近年來的宣傳重點，在其正式的定義下，與無產階級、國際主義、社會主義等密不可分，平日則與「人情同於懷土」的愛鄉情結連成一氣，以便收效，《人民日報》傳播有責，副刊也不例外。同日的專欄，題為「聽李素麗談奉獻」，除了肯定北京市二十一路公車售票員的光榮事蹟外，還提到另一位英雄：「三年前，青年戰士徐洪剛在長途汽車上勇鬥歹徒，身負重傷，被濟南軍區授予『見義勇為的英雄戰士』的光榮稱號，成了聞名全國的英雄人物。但是徐洪剛永遠也不會忘記，為了把他從生命垂危中搶救過來，黨和政府作了最大的努力，醫務工作者為他付出了辛勤的勞動，廣大人民群眾也給了他極大的關懷。」㉝無所不在的黨，此處也成為英雄歌頌的對象，這類事例在大陸報刊上層出不窮，抗洪救災時要特別突出黨和政府，已是成文的規定了。

---

㉛ 蔣巍，「微笑後面的道理」，《人民日報》，一九九六年十一月十一日。
㉜ 張同吾，「重訪潮安」，《人民日報》，一九九六年十一月十二日。
㉝ 大野，「聽李素麗談奉獻」，《人民日報》，一九九六年十一月十二日。

一九九六年十一月十三日，《人民日報》副刊的頭條是「延安的秋天」，作者以散文的手法，報導延安的近況；「已是夜晚。濃重夜色掩映著陝北高原，延安地區的公路卻依然醒著。這是一條繁忙的路。絡繹不絕的運煤車、油罐車，由北往南飛馳，車燈閃爍喇叭清脆，匯成不眠的車流。車流裡，流動著延安人建設的熱情，流動著延安人富裕的希望。這裡當然還說不上富裕，仍有差不多四分之一的人口還在貧困線以下。但是，八十年代以來這裡的經濟業已發生歷史性變化。延安，插上了工業的翅膀！」❸❹延安是中共的聖地，但是從四十年代到七十年代，建設始終落後，未獲應有的重視。宋朝科學家沈括在此做官時，發現一種可以燃燒的液體，乃命名為「石油」。延安得天獨厚，過去數十年卻一窮二白，如今在經濟改革的大旗下，走向擺脫貧困的道路，此處為之謳歌，但較講究文字的美感，這在「大地副刊」中並不多見。同日的專欄，題為「時代需要自覺的實踐者」，從形式到內容，都與文學無關：「黨的十四屆六中全會把社會主義精神文明建設提到更加突出的地位，全會通過的『決議』，是指導我國未來十五年精神文明建設的行動綱領。精神文明建設是群性事業，只有依靠群眾的智慧和力量，充分調動群眾的積極性和創造性，精神文明建設才有廣泛的群眾基礎，才能從形式到內容都得到不斷創新和發展，兩個文明建設才能實現有機結合。」❸❺《人民日報》副刊在三天內，兩度提及精神文明建設，亦可旁證其不足，必須經年累月的傳播。這種「心靈改革」，兩岸當局均高唱不絕，卻也都收效甚微。「子率以正，孰敢不正？」臺灣當局若能重視《聯

---

❸❹ 李輝，「延安的秋天」（三章），《人民日報》，一九九六年十一月十三日。

❸❺ 滕朝陽，「時代需要自覺的實踐者」，《人民日報》，一九九六年十一月十三日。

合報》的副刊，大陸當局若能改良《人民日報》的副刊，則文學淑世，庶幾可能。

## 四、結論

天下最殘酷的事莫過於比較，最真實的事也莫過於比較。比較使人痛苦，也使人醒悟，知所遵循或暗自遵循，以便完善自身，造福人群。孔子說：「三人行，必有我師焉。擇其善者而從之，其不善者而改之。」西諺說：「敵人是最好的老師。」凡此是借鏡，也是比較，世人耳熟能詳，實踐則猶待努力。

兩岸同文同種，自不待言。五十年代中期起，大陸改用簡體字，但其為漢字則一。從此，中文世界的出版品多由簡體字排印，是為大陸的優勢。就報紙而言，以一九九四年為例，大陸登記有案者共二一〇九家，臺灣共三〇〇家，[36] 後者每日實際發行者遠不及此數，市面可見不過十分之一左右。然就內容觀之，臺灣報紙的快速與生動，非大陸所能及，副刊的差異尤為顯著。

《聯合報》是臺灣數一數二的大報，《人民日報》是大陸第一大報，重要性都不可忽視，此外似無共同點。《聯合報》獨立自主，直言無隱，為當局所不喜；《人民日報》是黨報，宣揚政令，是當局的喉舌。《聯合報》犯顏直諫，《人民日報》歌功頌德，對比強烈。西方學者認為，報紙是第二個政府，其天職為監督第一個政府。《聯合報》的表現大體稱職，《人民日報》則無此概念。《聯

---

[36] 行政院主計處編，《中華民國統計年鑑》（民國八十四年）（臺北市：編者，一九九五年），頁九〇。

合報》副刊似乎嫌惡現實政治，若有所涉，多持批判的立場；《人民日報》副刊擁抱現實政治，時常成為新聞版面的疏洪道。歸納言之，《聯合報》副刊不為政治服務，《人民日報》副刊為政治服務。

文學是哲學的藝術化，哲學為裡，藝術為表；哲學為骨，藝術為肉；表裡合一，骨肉相連者，謂之文學。《聯合報》副刊於此，比較拿捏得宜，近年推出一系列的哲理散文，更見吻合此定義。若以中國現代史相擬，則《聯合報》副刊確較接近從五四到三十年代的文學傳統，富理想色彩，喜實驗創造，既講究文學的純度，也不乏抗議的精神，張作錦先生的專欄即其顯例。問卷調查顯示，臺灣讀者認為，各報副刊中最關心文藝者，就是《聯合報》副刊。㊲從戒嚴到解嚴，從林海音女士到瘂弦先生，一以貫之的文學信念，使得《聯合報》副刊不為政治、政黨和政權出公差，遂引魯殿靈光，重現東海之濱。

《人民日報》副刊則較接近四十年代延安的政治傳統，封殺抗議的雜文，棄絕魯迅的筆法。除了歌功頌德，屠格涅夫所說的豪奴吆喝，也曾多次出現在版面上，與正刊無異。近年來配合經濟改革，減少了殺伐之氣，增加了成果驗收，報導文學就是最好的工具，大陸一向稱之為報告文學，前舉《人民日報》副刊，連續三天的頭條，都可歸為此類，但多數作品病在直露，不易通過藝術的檢驗，政治教條的過分涉入，成為它的致命傷。該刊的詩作多屬舊體，憶苦思甜，光明在望，與邦濟

㊲ 焦桐，「票房副刊？·票房作家？·從問卷調查看報紙副刊」，《文訊》月刊，第二十二期（一九八六年二月），頁七〇。

世，諸如此類。至於《聯合報》副刊最重視的小說，該刊則很少見，這不是五四到三十年代的文學傳統，原因耐人尋味。今後若不為政治服務，則真正的百花齊放，才會在《人民日報》副刊出現，一如《聯合報》副刊。

# 梁實秋與魯迅的論辯

## 一、前　言

二十世紀三十年代前夕，梁實秋先生的文藝觀遭逢魯迅的挑戰。此後多年，兩人筆鋒交往，互不相讓，蔚為文壇的大觀，至魯迅逝世方告一段落，但已載在中國現代文學史，並輯成論戰實錄，進入二十一世紀。

五四運動後，梁先生開始寫詩，且向創造社投稿，以「草兒評論」獲讚於郭沫若，也因此成為該社之友。一九二四年，他進入美國哈佛大學，受教於白璧德(Irvin Babbit)，思想為之豹變。白璧德在哈佛開「十六世紀以後的文學批評」，梁先生原抱挑戰的心情聽課，為其淵博的學識所震撼，繼而漸悟其思想體系，明曉人文主義在現代的重要。梁先生從此了解，何謂歷史的透視(historical perspective)，衡量一個作家或一部作品的價值，需要顧及其人其文在整個歷史上的地位，也還要注意文藝的高度嚴肅。❶

❶ 梁實秋，「關於白璧德先生及其思想」，原載《人生》雜誌，第一四八期（一九五七年一月），收入梁實秋著，《文學因緣》（三版，臺北市：文星書店，一九六五年），頁六〇。

前此，梁先生服膺浪漫主義，接近崇天才、主情感、為藝術而藝術的創造社。此後，他轉向古典主義的立場。白璧德的新人文主義，在當時已重功利的美國，被許多人目為反動與守舊，中國弟子梅光迪和吳宓傳之國內，也因「學衡」的文言主張和特殊色彩，同遭冷落的待遇。梁先生的閱讀和創作經驗，則使他的見解和諒解尺度較寬，更能領悟白璧德的中庸理想，因此在與左翼作家論辯時，表現出理性的信心。

一九二六年二月，梁先生在美國撰寫一文，即「現代中國文學之浪漫的趨勢」，次月發表於北京的「晨報副鐫」，引起魯迅的關注。一九二七年四月八日，魯迅在黃埔軍校演講「革命時代的文學」，批評梁先生的觀點，點燃論戰的火苗。從一九二七年到一九三六年，兩人對壘的文字合計一百二十五篇以上，約五十萬字，極一時之盛。現依論辯的主題，分述兩造的重要看法，並試析其時代意義。

## 二、人性與階級性問題

一九二八年三月，《新月》雜誌創刊，徐志摩發表「我們的態度」，標舉「健康」與「尊嚴」兩原則，並憂慮當時中國思想市場的凌亂。他相信純正思想是人生改造之首需，因此呼籲大家覺醒，奮爭一個「創造的理想主義」時代。此說反映徐志摩的個性，單純而且熱情，但引起左翼作家尖銳的反響，以為《新月》存心敵對。彭康撰寫「什麼是健康與尊嚴」，以階級鬥爭和唯物辯證法為武器，稱《新月》諸人為「走狗」與「小丑」，進而強調革命文藝。此為「中國左翼作家聯盟」醞釀時期，對《新月》攻擊之始。

梁先生此時寫「文學的紀律」，載《新月》創刊號「我們的態度」之後，不僅在精神上承繼「現代中國文學之浪漫的趨勢」，也是「我們的態度」最好註腳。該文首先指出，文學可以不要規律，但不能不要標準，文學的紀律問題則與後者有關。其次，文學之目的，在藉宇宙自然人生的種種現象，表現普遍固定的人性。人生的精髓在吾人心中，純正的人性在理性生活裡得以實現，所以文學的研究創作或批評欣賞，在表現完美的人性，而不在滿足好奇的慾望。文學發於人性，基於人性，亦止於人性，即因人性複雜，所以才有條理可言，情感與想像都要向理性低頭。文學的紀律乃內在的節制，非外來的權威，文學之所以重紀律，是為求文學的健康。❷由此可知，梁先生的文學論，以不變的人性為重心，與階級性的觀點南轅北轍，非左翼陣營所能容忍，中共後來的文藝政策，更與之相去甚遠。

梁先生續寫「文學與革命」，首指一切文明皆為少數天才所創，可是不含絲毫神聖的意味，天才也是基於人性的。文學家是民眾的先知先覺，從歷史觀察得悉，富有革命精神的文學，往往出現在實際的革命運動之前，先有革命的文學後有革命，較之相反的情況，更為濃烈真摯自然，後者則

❷ 梁實秋，「文學的紀律」，原載《新月》月刊創刊號（一九二八年三月），收入《梁實秋論文學》（初版，臺北：時報文化出版公司，一九七八年），頁一二五。

近於雄辯或宣傳。他反對共產黨「不革命就是反革命」的文學觀，認為外在的事實如革命、復辟等運動，都不能借用為衡量文學的標準，偉大的文學乃基於固定普遍之人性，從人心深處流露的情思才是好文學。

梁先生堅信，文學的價值既與時代潮流無涉，人性既為測量文學的唯一標準，所以就文學立論，「革命的文學」一詞實無意義，縱然不必說是革命者巧立名目，至少在文學的了解上是徒滋紛擾。真正的文學家永不失去獨立，也不含固定的階級觀念，更沒有為某一階級利益的成見，文學是沒有階級性的。此外，文學家不接受任何命令，除非是自己內心的命令；文學家也沒有使命，除非是自己內心對真善美的要求。無論是文學或革命，其中心都是個人主義的，都是崇拜英雄的，都是尊重天才的，與所謂的「大多數」無關。❸凡此立論，當然惱怒了左翼，因而激烈反彈。

其實，梁先生的論點，以尊崇天才來說，與郭沫若並無二致；強調文學的獨立，更與當時的魯迅相似。不過，在是否承認「革命的文學」或「大多數文學」方面，就出現分歧，這正是浪漫主義與古典主義的分野。因為，對於郭沫若與魯迅而言，天才固然是領袖，但感情的表現不容抑制，在梁先生的筆下，卻要受人性的約束。所以，該文成為左翼轉攻梁先生的導火線。❹值得補充的是，

❸梁實秋，「文學與革命」，原載《新月》月刊，第一卷第四期（一九二八年六月），收入梁實秋著，《偏見集》（初版，臺北：大林書店，一九六九年），頁八。

❹侯健著，《從文學革命到革命文學》（初版，臺北：中外文學月刊社、臺灣大學外文系出版，一九七四年），頁一六〇。

「文學與革命」的末段指出，有人提倡「革命的文學」，但並非由文學本身觀察，反對者似乎又只知譏諷嘲弄。當時魯迅與創造社的筆戰方酣，該文適時出現，使他們同感受傷。「也許」就是這個原因，促成彼等異中求同，聯為戰線。「也許」二字，是左翼後來的說法，相當接近事實。

白璧德在文藝思想方面，醉心於西洋文學正統的古典主義，嚮往希臘的亞里斯多德，以迄法國布塞妻和英國約翰孫的思潮，而盧梭以降的浪漫運動，在他看來，都是歧途。魯迅對梁先生的攻擊，始於《新月》出刊以前，起因不一，其中也正包括後者評論到盧梭。魯迅生在迷信盧梭的時代，所以看到盧梭被批，就要「仗義直言」了。至於使雙方真正撕破臉的文字，則是梁先生的「文學是有階級性的嗎」，以及「論魯迅先生的『硬譯』」，此處先觀察前者。

假如真有無產階級的文學，梁先生指出，要有三個條件：（一）此種文學的題材，應以無產階級的生活為主體，表現其情感思想，描寫其生活實況，讚頌其偉大。（二）作者一定是屬於無產階級，或極端同情無產階級的人。（三）不是寫給有資產的少數人，或受過高等教育的少數人看的，是給大多數勞工勞農，以及所謂無產階級看的。上列三點必須同時具備，缺一不可，但是錯誤立刻出現。錯誤在把階級的束縛加在文學上，把文學當做階級鬥爭的工具，否認其本身的價值。梁先生行文至此，進入理論的核心。

依梁先生的理解，文學的國土最寬泛，根本沒有國界，更沒有階級的界線。一個資本家和一個勞動者，固然有異，例如遺傳、教育和經濟環境，因此生活狀態也不一樣，但是還有相同之處。他們的人性並沒有兩樣，都感到生老病死的無常，都有愛的要求，都有憐憫與恐怖的情緒，都有倫常的觀念，也都企求身心的愉快，文學就是表現這種最基本人性的藝術。因此，無產階級的生活苦痛固然值得描寫，但這苦痛如果深刻，必定不屬於一階級。人生有許多現象都是超階級的，例如戀愛本身非僅為生活現象的外描，而是從人心最深處發出來的聲音。如果「列寧呀」之類便是無產文學，殆無理論可言；把文學題材限於一個階級生活的範圍內，更無異將其膚淺化與狹隘化了。

梁先生明確體認，文學家比別人感情豐富，感覺敏銳，想像發達，藝術完美，階級成分與其作品無涉，此由托爾斯泰、馬克思、約翰孫處獲得例證。估量文學的性質與價值，須就作品本身立論，不能連累到作者的階級和身分，也不能以讀者數目的多寡而定。文學家要在理性範圍之內自由創作，要忠於自己的理想與觀察，企求的是真善美，不管世界上的知音是多數還是少數。無論貴族資本家或無產階級，都不能被文學家認定是雇主，知音不拘於那一階級，因為文學屬於全人類。

梁先生期盼，人類中了解文學者越來越多，但不能降低文學的質地，以俯就大多數人。他不反對任何人利用文學，達到另外的目的，這無害於文學本身，但宣傳式的文字並非文學。號稱無產階級者，因視集團、組織為暴動之寶，便竭力宣傳，適足以暴露「文學是鬥爭武器」的根本無理。從文藝史得知，一種文藝的產生，非因若干理論家搖旗吶喊便可成功，必定要以有力的作品，證明其本身的價值。當時無產階級文學的聲浪甚高，艱澀難懂的理論書也出了不少，於是他要求對方給幾部相關的作品。「我們不要看廣告，我們要看貨色。我們但願貨色比廣告所說的還好些」。❺最後，

❺梁實秋，「文學是有階級性的嗎」，原載《新月》月刊，第一卷第六、七期合刊（一九二九年九月），收入梁實秋著，《偏見集》，同❸，頁二一〇。

他批判「非赤即白，非友即敵，非革命即反革命」的偏窄文學觀。文學本無階級的區別，彼時的無產階級文學運動，據他考查，理論上尚不能成立，實際上也並未成功。

梁先生後來回憶，自己當時的文藝思想，趨向傳統穩健的一派，接受五四運動的革新主張，但也頗受白璧德的影響，並不同情過度浪漫的傾向。同時，他對上海叫囂最力的普羅文學運動也不以為然。❻換言之，他要求保持文學的嚴肅與純正，因此反對視文學為逃避現實的純粹藝術，認為和善良人性與實際人生大相扞格。他更反對視文學為宣傳的八股，以及政治運動的工具，乃舉人性論直指「文學的階級性」、「文藝政策」、「文學是鬥爭武器」之不當，間舉實例評論魯迅。後者既已批梁在先，此時反彈更屬必然。

魯迅有關的文字，包括「新月社批評家的任務」、「『硬譯』與『文學的階級性』」、「『喪家的』『資本家的乏走狗』」等。首篇甚短，嘲笑新月社盡力維持治安，所要的卻不過是「思想自由」，想想而已，絕不實現。❼次篇甚長，他對階級性的著墨，主要即在此處。

首先，魯迅強調文學不借人，也無以表示「性」，一用人，而且還在階級社會裡，即斷不能免掉所屬的階級性，無需加以束縛，實乃出於必然。「喜怒哀樂，人之情也」，本屬自然，但窮人絕無開交易所折本的懊惱，煤油大王也不知道北京撿煤渣老婆子的辛酸，飢區的災民大約總不去種蘭

❻梁實秋，「憶《新月》」，收入梁實秋著，《秋室雜憶》（初版，臺北：傳記文學出版社，一九六九年），頁六九。

❼魯迅，「新月社批評家的任務」，原載《萌芽》月刊，第一卷第一期（一九三〇年一月），收入魯迅著，《三閒集》，見《魯迅全集》第四卷（初版三刷，北京：人民文學出版社，一九八七年），頁一五九。

花，像闊人的老太爺一樣，賈府的焦大也不愛林黛玉。「列寧呀」之類，固然並不就是無產文學，然而「一切人呀」之類，也不是表現人性本身的文學。如果因為我們是人，就以表現人性為限，那麼無產者正因為是無產階級，所以要寫無產文學。

其次，魯迅重申無產文學的理論，即文學有階級性，在階級社會中，文學家雖自以為自由，自以為超階級，而無意識中，也終受本階級的意識所支配，那些創作並非別階級的文化。他舉梁先生的文字為例，原意在取消文學上的階級性，張揚真理，但以資產為文明的祖宗，指窮人為劣敗的渣滓，只要一瞥，就知道這是資產家的鬥爭武器。無產文學理論家認為，主張「全人類」、「超階級」是幫助有產階級，這裡得到極分明的例證。魯迅此說訴諸勞苦大眾，在當時的中國自有市場，但是無產文學欠缺貨色，卻也是不爭的事實。因此，魯迅承認，在號稱無產作家的作品中，他也舉不出相當的成績，不過引述別人的辯護，謂新興階級文學的本領，當然幼稚而單純，向彼等立刻要求好作品，是「布爾喬亞」的惡意。魯迅認為這話為農工而說，是極不錯的，如此無理的要求，恰若使彼等凍餓了好久，倒怪為什麼沒有富翁那麼肥胖一樣。他強調，無產者文學是為了以自己之力，來解放本階級，並及一切階級而鬥爭的一翼，所要的是全盤，不是一角的地位。❽此說顯然偏向政治，而非文學，日後的事實也證明，政治成功並不等於文學成功，梁先生要求的貨色依然難覓。

魯迅的第三篇文字，即「『喪家的』『資本家的乏走狗』」，發表於「左聯」成立之後，此時他已

---

❽ 魯迅，「『硬譯』與『文學的階級性』」，原載《萌芽》月刊，第一卷第三期（一九三〇年三月），收入魯迅著，《二心集》，見❼引書，頁二〇八。

是名義上的盟主，對梁先生的批評更見辛辣，因而有此題。依魯迅的理解，凡主張「文學有階級性」，得罪梁先生的人，都是在做「擁護蘇聯」或「去領盧布」的勾當，梁先生的職業，比起劊子手來，也就更加下賤了。魯迅如此重責對手之餘，還表示凡是走狗，雖或為一個資本家所豢養，其實屬於所有的資本家，所以遇見所有的闊人都馴良，遇見所有的窮人都狂吠。不知道誰是主子，正是牠遇見所有闊人都馴良的原因，也就是屬於所有資本家的證據。即使無人豢養，餓得精瘦，變成野狗了，還是遇見所有的闊人都溫馴，遇見所有的窮人都狂吠，不過這時牠就愈不明白誰是主子了。❾魯迅的肝火大動，固受梁先生的刺激，亦因個性使然，以致偏離文藝批評的道路，而以人身攻擊收場。

## 三、硬譯與文藝政策問題

一九二九年八月，魯迅編譯了盧那察爾斯基的文藝評論集，名為《文藝與批評》，表示由於譯者的能力不夠，以及中文本來的缺點，譯本晦澀難解之處也真多。他除了還是這樣的硬譯之外，只有束手一途，所餘的唯一希望，只在讀者肯硬著頭皮看下去而已。❿稍後，梁實秋先生發表「論魯

❾魯迅，「『喪家的』『資本家的乏走狗』」，原載《萌芽》月刊，第一卷第五期（一九三〇年五月），收入魯迅著，《二心集》，見❼引書，頁二四七。

❿魯迅，「《文藝與批評》譯者附記」，收入魯迅著，《譯文序跋集》，見《魯迅全集》第十卷（初版三刷，北京：人民文學出版社，一九八七年），頁二九九。

迅先生的『硬譯』，碰觸到魯迅的痛處，令其懷恨終生。

陳西瀅曾說：「死譯的病雖不亞於曲譯，可是流弊比較的少，因為死譯最多不過令人看不懂，曲譯卻愈看得懂愈糟。」梁先生認為這話不錯，不過「令人看不懂」的毛病就不算小。譯書的第一個條件，就是要令人看得懂，否則不是白費讀者的時力麼？曲譯誠然要不得，因為對於原文太不忠實，把精華譯成了糟粕，但一部書斷斷不會從頭到尾完全曲譯，死譯則一定是從頭至尾如此。況且，曲譯的同時絕不會死譯，而死譯有時正不妨是曲譯。所以，曲譯固應深惡痛絕，死譯之風也斷不可長。什麼是死譯？陳西瀅指出，不但字比句次，而且一字不可增，一字不可先，一字不可後，名曰翻譯，而「譯猶不譯」，這種方法，連提倡直譯的周作人都稱之死譯。魯迅的硬譯，即與之為鄰。

死譯的例子很多，梁先生單舉魯迅，乃因後者的創作何其簡鍊流利，無人能說他的文筆不濟，但是翻譯卻離死譯不遠，近例即為《藝術論》和《文藝與批評》，原作者皆為盧那查爾斯基。梁先生讀這兩本書，就如同看地圖一般，要伸著手指，找尋句法的線索位置。他硬著頭皮看下去，依然無所得，不禁要問：硬譯和死譯有什麼分別？外文和中文不同，有些句法為中文所無，翻譯之難即在於此，如果兩種文字的文法、句法、詞法一樣，翻譯還成為一件工作嗎？他強調不妨把句法變換一下，以讀者能懂為第一要義。⓫後來，他身體力行，翻譯《莎士比亞全集》時，使大家如讀創作，而無艱澀之感。

---

⓫梁實秋，「魯迅先生的『硬譯』」，原載《新月》月刊，第一卷第六、七期合刊（一九二九年九月），收入❸引書，頁五四。

魯迅答覆時首先表示，事情不會這樣簡單。第一，梁先生自以為硬著頭皮看下去，但究竟硬了沒有，是否能夠，還是一個問題；以硬自居，其實其軟如棉，正是新月社的一種特色。第二，梁先生雖自來代表一切中國人，但究竟是否全國中的最優秀者，也是一個問題。梁先生行文時，兩度使用「我們」，魯迅認為頗有些「多數」和「集團」的氣味，既有「我們」，雖以為魯迅的「死譯之風斷不可長」，卻另有並非「無所得」的讀者存在，而他的硬譯，就還在「他們」之間生存，和死譯還有一些區別。這樣的辯解，似未展現魯迅的學養，躍然紙上的是意氣之爭。

梁先生曾表示，部分的曲譯即使是錯誤，究竟也還給一個錯誤，也許真是害人無窮，而讀的時候究竟還落個爽快。魯迅緊抓此語，謂其譯作本不在博讀者的爽快，卻往往給以不舒服，甚至使人氣悶、憎惡、憤恨。讀了會落個爽快的東西，自有新月社的譯著在：徐志摩的詩，沈從文、凌叔華的小說，陳西瀅的閒話，梁實秋的批評，潘光旦的優生學，還有白璧德的人文主義。魯迅此語雖涉意氣，但自況部分卻是事實，至於白璧德的理論是否讀來爽快，令人不無疑問，但已非魯迅所能計及。

由於梁先生指稱，讀魯迅的譯作如看地圖。魯迅乃謂，看地圖雖然沒有看「楊妃出浴圖」或「歲寒三友圖」那麼爽快，甚至還須伸著手指，但地圖並不是死圖，所以硬譯即使有同一之勞，照例也就和死譯有些區別。言念及此，他認為識得ABCD者自以為新學家，仍舊和化學方程式無關；會打算盤者自以為數學家，看起筆算的演草來還是無所得。「現在的世間，原不是一為學者，便與一切事都會有緣的。」此說誠然屬實，即「一事不知，儒者之恥」的時代業已遠去，新世界的學問既多且廣，任何人都難以周全。但是，梁先生雖然身為學者，卻未自居萬事通，魯迅此時的批評，似乎與他無關了。

無產文學既然重宣傳，宣傳必須多數能懂，這些硬譯而難懂的理論天書，究竟為什麼要譯？不是等於不譯麼？魯迅的回答是：為了自己，和幾個以無產文學批評家自居的人，和一部分不圖爽快、不怕艱難，多少要明白這些理論的讀者。「我的譯書，就也要獻給這些速斷的無產文學批評家，因為他們是有不貪爽快，耐苦來研究這些理論的義務的。」他自信並無故意的曲譯，打著他不佩服的批評家傷處時，他就一笑；打著自己的傷處時，他就忍疼，絕不肯有所增減，這也是始終硬譯的一個原因。在如此倔強的態度下，他卻也表示，世間總會有較好的譯者，能夠譯成不「曲」，也不「硬」或不「死」的文章，那時他的譯本當然就被淘汰，只要來填這個從「無有」到「較好」的空間罷了。這樣的說法，就是拋磚引玉，以俟來者之意，可見其情感真摯的一面。不過，他仍在結尾提及，「這些東西，梁實秋先生是不譯的」。⑫言下之意，梁先生既不翻譯，卻批評譯者，魯迅自有委屈之感。兩人的恩怨，至此已濃得化不開。

魯迅另譯《文藝政策》一書，即《蘇俄的文藝政策》，內容包括一九二四年俄共中央「關於對文藝的黨的政策」、一九二五年一月「關於文藝領域上的黨的政策」、一九二五年七月全俄無產階級作家協會第一次大會的決議：「觀念形態戰線和文學」。一九二八年五月，他已著手翻譯，陸續登在《奔流》月刊。成書前夕，他感慨因此引來不少笑罵，一如翻譯前述盧那察爾斯基的書。稍後，

---

⑫同❽，頁二一一。

梁先生又發表讀後感，從硬譯談到文藝政策，顯示其先見之明。

梁先生首先指出，魯迅的譯文還是晦澀，難解之處也真多。至於文藝政策，據他的了解，根本是無益而又不必要的。誰的文藝政策？是俄共中央決議的，這一點要交代明白。該書掛上「科學的藝術論」招牌，不免帶有誇大宣傳的意味，若對其內容稍加思索，便可發現當時的中國，所謂普羅文學、左翼作家的口吻，頗多與俄共文藝政策相合之處，假如不謀而合，自然也是一件盛事，但事實並非如此，恐怕是把俄共的文藝政策當做聖旨，從而發揮讚揚吧？

文藝而可以有政策，依梁先生的分析，本身就是一個名詞上的矛盾。俄共頒布的文藝政策，並沒有什麼理論的根據，只是幾種卑下心理的顯現而已：一種是暴虐，以政治手段剝削作者的思想自由；一種是愚蠢，以政治手段求文藝的清一色。俄共的文藝政策雖然也有十幾段，洋洋數千言，其實主旨也不過如魯迅所譯：「無產階級必須擁護自己的指導底位置，使之堅固，還要加以擴張，……在文藝的領域上這位置的獲得，也應該和這一樣，早晚成為事實而出現。」梁先生直言，俄共言必稱階級與馬克思，把這公式硬加在文藝領域上，如何能不牽強？並非說文藝和政治無關，政治是生活中不能少的經驗，文藝也常表現政治生活的背景，但這是自然而然的步驟，不是人工勉強的，文藝作品不能定做，不是機械的產物。堂堂皇皇的頒布了文藝政策，果然有作家奉行不悖，創為作品嗎？「政策沒有多大關係，作品才是我們所要看的東西。」⓭此處重申要看貨色，無異再度觸及對

⓭梁實秋，「所謂『文藝政策』者」，原載《新月》月刊，第三卷第三期（一九三〇年五月），收入❸引書，頁五八。

手的痛腳。更重要的是，他對文藝政策的批評，後來完全獲得應驗。一九三〇年代起的俄共，一九四〇年代起的中共，相繼以文藝政策迫害作家，且越演越烈，血淚的事實擺在世人眼前，辯護已屬多餘了。

## 四、結論

二十世紀三十年代前夕，梁實秋先生在上海致力文學批評，鼓吹人性論，引起魯迅的不滿，舉階級性以攻，引發論辯，延續經年。前此，革命文學的口號推出後，創造社和太陽社曾經圍剿魯迅，指為「封建餘孽」、「不得志的法西斯蒂」、「資產階級的代言人」等，不一而足。魯迅的戰志雖昂，但在眾矢之下，不免感到受困。待梁先生出現，彼等遂引為共同的下臺階，「誤會」消除後，中國左翼作家聯盟問世，更見黨同伐異，形成三十年代文壇的風暴中心。

中共從此對梁先生施展王婆戰術，喋喋不休半世紀以上。毛澤東親自出馬，在延安文藝座談會上對他點名批判，⓮大陸的文學史家亦步亦趨，用卑劣的形容詞加諸其身。遲至一九八六年，江蘇出版的《魯迅研究的歷史與現狀》，還多次以「走狗文人」痛詆梁先生，去真正的文學批評甚遠。二十世紀結束前十年，此種現象終見改善，梁先生得以原貌重現大陸，歷史的公道遂破土而出。北

⓮ 毛澤東，「在延安文藝座談會上的講話」（一九四二年五月），收入《毛澤東選集》第三卷（人民出版社，根據一九六六年七月橫排本重印，一九九〇年五月北京第一次印刷），頁八一二。

大教授季羨林先生即謂：「我們今天反對任何人搞『凡是』，對魯迅也不例外。魯迅是一個偉大的人物，這誰也否認不掉，但不能說凡是魯迅說的都是正確的。今天，事實已證明，魯迅也有一些話是不正確的，是形而上學的，是有偏見的，難道因為他對梁實秋有過意見，梁實秋這個人就應該永遠打入十八層地獄嗎？」⓯梁先生在臺灣辭世後，靈魂重返大陸，逐漸衝破地獄，成為出土文物，掀起重溫的熱潮，誠所謂死而不亡。

梁先生在自由的天地裡馳騁終生，用文字與行動，證明自己的不黨不賣，卓然自立。他遠離政治，優游學海，偶有回憶魯迅的文章，也心存忠厚，下筆慎重，雅不欲計較昔日之短長，也無意重放當年之光芒。我們還原歷史，可知無論人性與階級性問題，或硬譯與文藝政策問題，在時間的考驗下，梁先生泰半居於上風。以翻譯為例，魯迅硬譯的《文藝政策》等，早已淡出，梁先生譯的《莎士比亞全集》，至今猶為範本。魯迅固有自知之明，預料譯本將被淘汰，但他「只爭朝夕」的結果，在歷史的長河中，難免得失互見。

就人性與階級性之爭而論，梁先生旨在闡揚人性的共通處，魯迅則強調生活的相異點，尤其著眼於職業造成的差距，以及社會的不平。於今觀之，人性論雖然失之籠統，但階級的文學觀更掛一漏萬。強調階級性的錯誤，在衡量作家與作品的標準其實不一，從個人的品味能力，到民族性、歷史傳統等都很重要，非階級性所能涵蓋。例如，兩名不同國籍的無產階級，同觀一幅「魚」畫，中國人或許會想到「年年有餘」，外國人就極難具備此種觀念，這是受到民族文化認知的影響，階級

⓯引自黎照編，《魯迅梁實秋論戰實錄》（初版，北京：華齡出版社，一九九七年），見該書封底。

性無法解答，自有盲點。

尤有甚者，毛澤東後來批判梁先生時堅稱，在階級社會裡，沒有超階級的人性，要在全世界消滅階級後，才會有人類之愛，「但是現在還沒有」。⑯此處抄襲馬克思的人性論，與中國的四海一家及大同思想頗有出入。中共曾將列寧的高呼，譯為「打倒非黨的文學家！打倒超人的文學家」！⑰毛澤東師其故技，直指為藝術的藝術、超階級的藝術、和政治並行或互相獨立的藝術，「實際上是不存在的」。他據此譯本，欲打倒這些「不存在」的敵人，數十年來展開多次整風。後來，鄧小平又祭起反資產階級自由化的大旗，並且聲稱鬥爭要延續到二十一世紀。凡此皆可證明，大陸文壇有無數個梁先生的化身，在為人性的尊嚴和文藝的自由而奮鬥。

二十世紀的俄共與中共，皆視藝術為政治的一部分，因此有文藝政策之設。梁先生在與魯迅論辯時指出，俄共頒布的文藝政策，顯現暴虐與愚蠢。其實，暴虐勝過了一切。正因如此，後來非共世界多罕言文藝政策，梁先生也不贊成制訂。的確，我們對作家應該只有鼓勵，沒有責罰，主要的依據則為中華民國憲法。憲法第十一條規定，人民有言論、講學、著作及出版之自由。第一百六十五條規定，國家應保障教育、科學、藝術工作者之生活，並依國民經濟之進展，隨時提高其待遇。凡此條文，均應力求實踐，以免作家生活的悲劇，不斷重演於世。

---

⑯同⑭，頁八二八。

⑰列寧，「黨的組織和黨的文學」，收入《列寧全集》第十卷（初版二刷，北京：人民出版社，一九六〇年），頁二五。

一九三六年九月五日，魯迅預留遺囑，提到「孩子長大，倘無才能，可尋點小事情過活，萬不可去做空頭文學家或美術家」。⑱空頭文學家即交不出貨色的人，此語與梁先生不謀而合，足為文壇乏善可陳者戒。何以交不出貨色？倘因當局堅持四項基本原則，查禁作品在先，勒令封筆在後，則縱有周公之才之美，亦難乎其為作家。從普羅文學、工農兵文學，到為社會主義服務的文學，總是宣傳多於貨色，為不爭之事實。梁先生的《雅舍小品》，書局沒有廣告，卻風行海內外數十年，至今不衰，說明純文學之可大可久。至於紅文學，即使在社會主義的國度，也已沒有多少買主。梁先生與魯迅的論辯，是非難有定論，勝敗則可由作品來檢驗。魯迅傳世的作品，都未受階級論影響，也都與文藝政策無關。因此，梁先生和魯迅分別以自己的作品，否定了魯迅的上述理論，已成文學史的常識了。

⑱魯迅，「死」，原載《中流》半月刊，第一卷第二期（一九三六年九月二十日），收入魯迅著，《且介亭雜文末編》附集，見《魯迅全集》第六卷（初版三刷，北京：人民文學出版社，一九八七年），頁六一二。

# 民族主義與愛國主義

## 一、前　言

一九九五年六月，李登輝終於獲允訪美，中共因此嚴重抗議。論者表示，中國民族主義的力量不可低估。

近年來，中共鼓吹一國兩制之餘，時以「民族大義」相責於臺灣，但無論對內對外，皆未使用「民族主義」一詞，而以「愛國主義」代之，可謂其來有自。今比較此兩種主義的異同，以利還原真貌，欲達此目的，宜先明其定義與內容。

## 二、民族主義與中國

中國古來素重天下一家，但並非因此即無民族思想。孫中山先生就曾指出：「蓋民族思想，實吾先民所遺留，初無待於外爍者也。余之民族主義，特就先民所遺留，發揮而光大之。」❶先民的民族思想，除了表現在反抗異族的宰制中國上，還可上溯古代，如《詩經》的「戎狄是膺，荊舒是懲」，管仲的尊王攘夷，孔子的嚴夷夏之防，孟子的用夏變夷，以及歷代民族英雄的奮鬥史蹟上。所謂發揮光大，當指濟弱扶傾，各民族地位平等，民族同化，民族自決，以民族主義為世界主義的基礎，大亞洲主義的重王輕霸等。由此可知，孫先生的民族主義，固紹西洋民族統一運動的餘緒，更有中華民族的血緣。

中國民族主義的要義，可從孫先生在同盟會的軍政府宣言裡透見：「中國者，中國人之中國。」此外，他還提到以下數點：（一）民族主義就是國族主義。這是按中國歷史上社會習慣而論的，因為中國自秦漢後，都是一個民族造成一個國家。（二）民族主義是國家圖發達和種族圖生存的寶貝。他鑒於古今民族生存之道，指出要中華民族長存，必須提倡民族主義，否則便有亡國滅種之憂。（三）民族主義是求中國自由平等的主義。他認為要恢復國家自由，必須實行民族主義，民族主義是對外打不平的；進而言之，即世界人類各種族平等，一種族不為他種族所壓制。

由此可知，民族主義首重救國保種，不言階級。大同主義式的世界主義與之相較，也有緩急先後之分，因為中國是受屈民族，必先把自由平等的地位恢復起來，才配講世界主義。換言之，此時還不配。孫先生尚有一段同義語：「所以我們以後要講世界主義，一定要先講民族主義，所謂欲平

❶孫中山，「中國革命史」，中國國民黨黨史委員會編訂，收入《國父全集》第二冊（再版，臺北：中央文物供應社，一九八一年），頁一八一。

天下者先治其國。把從前失去了的民族主義重新恢復起來，更要從而發揚光大之，然後再去談世界主義，乃有實際。」❷此處「欲平天下者先治其國」一語，正是民族主義與馬克思主義的截然不同處，後者認為「欲平天下者先滅其國」，所以強調國家消亡論。馬克思和恩格斯在「共產黨宣言」中，甚至表示工人無祖國，絕不能剝奪他們所沒有的東西，❸以此答辯旁人對共產黨欲廢除祖國的責難。一八七三年一月，馬克思又發表「政治冷淡主義」，認為工人階級如果鬥爭國家，就是承認國家，此與永恆原則相牴觸，所以應在心中堅決反對國家的存在，並透過購閱有關消滅國家的文獻，證明自己在理論上對國家的極端蔑視。❹此外，恩格斯在「家族、私產和國家的起源」、「反杜林論」中，也都得出國家消亡的結論。因此可知，「全世界無產者，聯合起來」的國際主義，非但不以民族主義為基礎，不想恢復民族國家，反欲除之而後快。

孫先生於此何嘗不知，所以雖在聯俄時期，他仍公開質問：「英、俄兩國現在生出了一個新思想，這個思想是有智識的學者提倡出來的，這是甚麼思想呢？是反對民族主義的思想。這種思想說

❷孫中山，「民族主義」第四講，中國國民黨黨史委員會編訂，收入《國父全集》第一冊（再版，臺北：中央文物供應社，一九八一年），頁四四。

❸馬克思和恩格斯，「共產黨宣言」，收入《馬克思恩格斯選集》第一卷上冊（初版，北京：人民出版社，一九七二年），頁二七〇。

❹馬克思，「政治冷淡主義」，收入《馬克思恩格斯全集》第十八卷（初版二刷，北京：人民出版社，一九六五年），頁三三五。

民族主義是狹隘的，不是寬大的，簡單的說，就是世界主義。」他接著指出：「世界上的國家，拿帝國主義把人征服了。要想保全他的特殊地位，做全世界的主人翁，便提倡世界主義，要全世界服從。」❺這種帝國主義式的世界主義，自古有之，如羅馬以軍事和外交的力量侵略他國。孫先生之意，馬克思主義則用思想的力量否定民族主義，古今手段不同，其為帝國主義則一。他明確表示，大凡一種思想，不能說是好不好，只看它是否合用。民族主義與共產主義相較，究竟何者適合國情，可從中國現代史考察得之。

「夫興亡有迭代之時，而中華無不復之日」，顧亭林先生此種民族信念，充塞近代中國有志之士心中。滿清入關，遺民淚盡，朱舜水先生「傷心胡虜據中原」的句子，是千千萬萬中國人的情感寫照，反清的思想也就綿延不絕。鴉片戰爭公開了帝國主義的凶殘，也暴露了中國的積弱，從此以後，清廷每在羞辱中與列強相見，遂使堂堂華夏，不齒於鄰邦；文物冠裳，被輕於異族。孫先生痛言：「方今強鄰環列，虎視鷹瞵，久垂涎於中華五金之富，物產之饒，蠶食鯨吞，已效尤於接踵；瓜分豆剖，實堪慮於目前。有心人不禁大聲疾呼，亟拯斯民於水火，切扶大廈之將傾。用特集會眾以興中，協賢豪而共濟，抒此時艱，奠我中夏。」❻這種「庶我子子孫孫，或免奴隸於他族」的心願，說明了現代中國最待解決的是民族問題，而非階級問題。

必須指出的是，孫先生所以要排滿，意在推翻帝制，建立共和，以解同胞於倒懸。他明白表示：

❺孫中山，「民族主義」第三講，收入❷引書，頁三〇。
❻孫中山，「檀香山興中會成立宣言」，同❷引書，頁七五五。

「就算漢人為君主，也不能不革命。」❼由此可知，他雖歷數揚州十日、嘉定三屠的凶惡，但民國既建，即強調對滿人不以復仇為能事，益證其民族主義的與時推移。他以滿清傾覆為民族主義的消極目的，居全國人口中絕大多數的漢族，當犧牲其血統、歷史與自尊自大的名稱，和滿蒙回藏等族的人民相見以誠，合為一爐而冶之，以成一中華民族的新主義，如美國合黑白數十種人民，成一世界之冠的美國民族主義，方為積極的目的。這種方針，即為一九一二年他在「臨時大總統就職宣言」中所說的民族統一，亦即該年同盟會總章、國民黨規約中主張的種族同化，其重團結和諧、反對分裂鬥爭的態度甚明。他早年以洪秀全第二自命，後又對義和團不無同情，但其思想開通進步，遠勝彼等。

一九〇五年春，孫先生再赴歐洲，當地留學生多已贊成革命，他乃揭櫫平生所懷抱的三民主義為號召，組織革命團體。同年七月他轉赴日本，受到留學生熱烈歡迎，被尊為造時勢的英雄。陳天華先生此時說：「吾以崇拜民族之故，因而崇拜實行民族主義之孫君。」❽八月二十日，中國同盟會在東京正式成立，孫先生被推為總理，該會遂成中國革命的中樞。「同盟會之會員，凡學界、工界、商界、軍人、政客、會黨，無不有同趨於一主義之下，以各致其力。迄於辛亥，無形之心且勿

❼ 孫中山，「三民主義與中國民族之前途」，收入❶引書，頁二〇一。

❽ 過庭（陳天華），「紀東京留學生歡迎孫君逸仙事」，原載《民報》，第一期，頁六六～六七。引自吳相湘，《孫逸仙先生傳》上冊（初版，臺北：遠東圖書公司，一九八二年），頁四〇四。

論，會員為主義而流之血，殆遍灑於神州矣！」❾從同盟會成立起，革命又多次失敗，終於換來武昌起義的成功，中華民國的創建。武昌之役，革命黨有一口令為「同心協力」；從各致其力到同心協力，說明了團結足以奏效。孫先生檢討諸役時指出，革命黨人以一往直前之氣，忘身殉國；其慷慨助餉，多為華僑；熱心宣傳，多為學界；衝鋒破敵，則在軍隊與會黨；踔厲奮發，各盡所能，有此成功，實非偶然。換言之，此為工農商學兵的大結集，也正是孫先生所說的平民革命，即俗稱的老百姓革命。中共套馬克思的模式，指辛亥革命為「資產階級革命」，與史實頗有距離。

民國成立後的第一大事，當為五四運動。一九一九年五月四日，北京學生基於救國的熱忱，示威抗議日本的侵略擴張，以及國內官員的受制於人，由此激起全民愛國運動，並擴大了前已展開的新文化運動。五四運動最主要的起因，亦即原始目的所在，正是抗日救國，民族主義的成分超過其他。近代中國的民族主義，是帝國主義侵略下的產物，因此可謂「防衛的民族主義」，有別於古代「文化的民族主義」。同理，中國現代化在救亡圖存的心情上推出，是一種「防衛的現代化」。廣義的五四運動，就是雙重防衛的運動——民族主義兼現代化。

五四運動的表現以民族主義為主，有北宋太學生的遺風，可謂千年一脈，但它不以民族主義為限，大致包含兩層意義，一為國家爭主權，二為平民爭人格。前者使外人知吾民有血性，而殺其覬

❾孫中山，「中國革命史」，同❶引書，頁一八五。

覦之心；後者使公僕知吾國有主人，而正其僭竊之罪。❿前者是對外打不平的，自屬民族主義；後者是對內打不平的，即為民權主義，內外兼顧，與羅家倫先生揭櫫的「外爭主權，內除國賊」相同。五四運動時，白話與文言的宣言都提到開國民大會，則為民族主義兼民權主義的呼聲。一九二五年三月，孫先生病逝前，即以開國民會議與廢除不平等條約為念。因此，五四運動的主流可謂匯歸國民革命的怒潮，有如長江匯歸東海。⓫不平等條約的大量廢除，國民大會的正式召開，後來都是在國民政府領導下告成的。進而言之，五四運動的政治意義，在保衛辛亥革命的成果，導引日後北伐的開展，外爭主權和內除國賊，正與國民革命的打倒帝國主義和官僚軍閥一致，有功於全國的統一。

中國民族主義表現的極致，則在抗戰時期。國史上最悲壯的戰爭，非抗戰莫屬；軍民最慘烈的犧牲，也在此時造成。此時國家至上，民族至上，國人踏著「抗敵歌」前行，終於走向勝利。昆明的抗戰勝利紀念碑，為西南聯大馮友蘭教授所撰，記錄了這份光榮：「中華民國三十四年九月九日，我國家受日本之降於南京；上距二十六年七月七日蘆溝橋之變，為時八年；再上距二十年九月十八日瀋陽之變，為時十四年；再上距清甲午之役，為時五十一年。舉凡五十年間日本所鯨吞蠶食於

❿楊亮功、蔡曉舟同編，《五四——第一本五四運動史料》（初版，臺北：傳記文學出版社，一九八三年），序頁一。

⓫陶希聖，「五四、六三事件的原型與本質，並論新文化運動的主流與逆流」，《東方雜誌》（臺北），第十七卷第一期（一九八三年七月），頁七。

我國家者，至是悉備圖籍獻還。全勝之局，秦漢以來所未有也。」⑫

八年抗戰的結果，日本固然慘敗，中國亦為慘勝，中共即趁國家元氣消耗殆盡之際，在蘇聯的軍援和其他多種因素下，席捲了大陸，使得中國民族主義甫獲空前的成功，又遭空前的挫折。一九四九年十月一日，中共在北京建立政權，中華民國的命脈此時不絕者如縷。同年稍早，蔣介石先生就以中國國民黨總裁的身分，思考黨的改造問題，求根本救國之道。此時國民黨人抱定一個信念，即由東南海上基地策劃民族的復興，必將底於成功。從此，臺灣成為永不屈服於共產主義的象徵，也成為中國現代化的實驗室。六十年代中期起，海峽兩岸有文化革命和文化復興的對陣，結果前者煙消雲散，就證明了民族文化的不可盡毀，也使得民族主義和共產主義交鋒時，顯現了應有的信心。

## 三、愛國主義與中共

大陸人民在中共長期的統治下，對共產主義遍失信仰，對共產黨也遍失信心。「文革」結束以後，大陸當局面對此類危機，只有重新提倡愛國主義，企圖因此帶動人民的愛共。一九八一年三月二十日，《人民日報》以特約評論員的名義，發表「愛國主義是建設社會主義的巨大精神力量」一文，批判白樺的劇本「苦戀」，指其違反愛國主義。其實，白樺只是違反愛共主義。無論如何，愛國主義已成為大陸宣傳中不可或缺的名詞。

⑫ 馮友蘭，《三松堂自序》（二版二刷，北京：生活・讀書・新知三聯書店，一九八九年），頁三六〇。

一九八三年七月，中共中央宣傳部和書記處研究室，聯合推出關於加強愛國主義宣傳教育的意見，強調以下三點：（一）在社會主義現代化建設的進程中，經常進行和加強愛國主義的宣傳教育，培養全體人民，特別是青年的愛國主義精神，提高他們的愛國主義覺悟，是建設以共產主義為核心的社會主義精神文明的一項要務，是宣傳教育和思想政治工作的一項基本內容。（二）愛國主義是一個歷史範疇，在中國歷史發展的長河中，愛國主義的具體內容、愛國主義運動的具體形式、範圍、規模，推動愛國主義運動前進的社會力量，是隨著歷史條件和歷史階段的變化而發展的。（三）愛國主義宣傳教育的內容、素材非常廣泛豐富，包括宣傳祖國新貌和建設成就、宣傳英雄人物和先進集體的模範事蹟、宣傳成功的建設經驗、宣傳祖國的壯麗河山和名勝古蹟、宣傳重大的歷史事件和著名的歷名人物、宣傳歷代傑出的文藝家及其作品、宣傳歷代傑出的科學家及其貢獻、宣傳歷代文物、宣傳各族人民對祖國的歷史貢獻、宣傳僑居國外的愛國者和世界各國的著名愛國者。⓭由此可知，中共企圖將共產主義與愛國主義合而為一，並與民族文化混同。

依中共之見，愛國主義不是一種抽象的、超時代的、超階級的社會意識，而是一個歷史的、階級的範疇，在不同的歷史時期，有不同的歷史內容，不同的階級對它也有不同的理解。毛澤東早就

⓭引自周玉山，「愛國主義與中共」，《中國論壇》半月刊（臺北），第一九〇期（一九八三年八月二十五日），頁六一。

表示：「愛國主義的具體內容，看在什麼樣的歷史條件之下來決定的。」⓮中共認為剝削階級的愛國主義，在某種特定條件下具有進步意義，但它是建立在生產資料私有制的基礎上，因而常有很大的階級局限；無產階級的愛國主義是真正的、徹底的愛國主義，代表本國人民和世界各族人民的共同利益。準此以觀，中共認可的愛國主義有其特殊定義，與世人所思者名同而實異。

中共每次提出愛國主義，都因情勢所迫不得不然，所以也都帶有統戰的意味。一九九〇年五月三日，江澤民在北京青年紀念五四報告會上宣稱，在現階段，愛國主義的主要表現為：獻身於建設和保衛社會主義現代化的事業，獻身於促進祖國統一的事業。鄧小平曾說：「中國人民有自己的民族自尊心和自豪感，以熱愛祖國、貢獻全部力量建設社會主義祖國為最大光榮，以損害社會主義祖國利益、尊嚴和榮譽為最大恥辱。」⓯此種論調仍不脫愛共主義，江澤民則奉為圭臬，且引為反和平演變的利器，盼能吸引青年，忘卻前一年六月四日的血腥鎮壓。

於是，九十年代起，中共又不斷重彈此調，試圖挽回人心。一九九一年七月一日，江澤民在慶祝中共成立七十週年的大會上，除了歌頌毛澤東和鄧小平外，重點就是愛國主義：「統一戰線是我們黨團結一切可以團結的力量，不斷奪取革命和建設勝利的一大法寶。在社會主義現代化建設過程

⓮毛澤東，「中國共產黨在民族戰爭中的地位」，收入《毛澤東選集》第二卷（北京：人民出版社，根據一九六六年七月橫排本重印，一九九〇年北京第一次印刷），頁四八六。

⓯鄧小平，「中國共產黨第十二次全國代表大會開幕詞」，收入《鄧小平文選》（一九七五～一九八二年）（初版二刷，北京：人民出版社，一九八三年），頁三七二。

中，要繼續鞏固和擴大最廣泛的愛國統一戰線，調動一切積極因素，共同促進經濟和社會的發展，促進祖國統一大業的完成。」⑯江澤民並不諱言，祖國統一的前提在中共取得勝利，至於臺灣如何獲致更佳的地位與前途，則非其所能計及。

近年來，中共深感反和平演變與愛國主義密不可分，皆為燃眉之急，因為「和平演變和資產階級自由化思潮，對我國的獨立主權，對我們的建設和改革開放，構成現實的威脅。」⑰其實，改革開放本身就是一種和平演變，但其重點在經濟層面。中共在經濟上推行和平演變，在政治上抗拒和平演變，明顯違背馬克思的唯物史觀，可謂行不顧言。「世界潮流，浩浩蕩蕩，順之則昌，逆之則亡」，中共面對流遍全球的民主潮，卻編就《「和平演變」戰略的產生及其發展》等書，充為反面教材，在大陸內部發行，用以證明確實存在一個針對中共的、「露骨而又險惡的」戰略，這股「國際壟斷資產階級敵對勢力」，盟主就是「美國統治集團」。⑱中共強調，鬥爭是必要和緊迫的，因此不可一時或忘。一九九一年十月一日，中共慶祝建立政權四十二周年；十月十日，中共紀念辛亥革命八十周年，也在高唱愛國主義之餘，表示絕不會屈服於任何壓力和困難，⑲益證亡黨亡國的「憂患意識」，時繞中共領袖的心頭，為了現實的利益，鬥爭勢必延續下去，一如從前。

⑯江澤民，「在慶祝中國共產黨成立七十周年大會上的講話」，《人民日報》（海外版），一九九一年七月二日。
⑰同⑯。
⑱戚方編，《「和平演變」戰略的產生及其發展》（初版，北京：東方出版社，一九九〇年），頁一。
⑲「在紀念辛亥革命八十周年大會上楊尚昆主席的講話」，《人民日報》（海外版），一九九一年十月十日。

中共為了現實的利益，多次違反馬克思主義，可謂史實俱在。一九三一年九一八事變後，中國人民反日的情緒高漲，蘇聯鑒於東北接壤其境，日、德、義三國的獨裁政權又逐漸形成反蘇軸心，便一面與此三國力謀妥協，一面以第三國際的名義，號召成立統一戰線，命令各國共產黨群起擁護蘇聯及反帝。一九三四年九月底，中共開始「兩萬五千里長征」，路長人困，有被殲滅的可能，蘇聯不能寄望其推翻國民政府，更欲扶其將傾，斯大林便提出統一戰線，指示中共應竭力擴大民族解放運動，吸收決意抵抗日本及其他帝國主義的民族勢力。一九三五年七至八月，第三國際舉行第七次大會，陳紹禹代表中共，提出「論反帝統一戰線問題」的報告，認為沒有其他任何辦法，能夠動員全體中國人民，與日本帝國主義從事神聖的民族革命鬥爭。⑳他遵照大會決議，以中共中央和蘇維埃政府的名義，在莫斯科發出著名的「八一宣言」，要求與各黨派、團體、名流學者、政治家以及地方軍政機關談判，共同成立國防政府，組織抗日聯軍總司令部。中共後來宣稱，這個愛國民族統一戰線是它領導的。㉑此說如果能夠成立，則必須問及領導者的實力，也必須還原蘇聯和第三國際對中共的領導，凡此已久為大陸的文宣所省略。

一九三六年十二月，西安事變和平解決後，國共之間已進入休戰狀態。一九三七年七月七日，

---

⑳王明，「論反帝統一戰線問題」，引自《國共關係簡史》（臺北：國立政治大學國際關係研究中心編印，一九八三年），頁一二四。

㉑「愛國民族統一戰線」，見唐伍任主編，《愛國主義教育大辭典》（初版，北京：海洋出版社，一九九二年），頁六。

蘆溝橋事變爆發。九月二十二日，中共發表「共赴國難宣言」，提出四項諾言：（一）三民主義為中國今日所必需，中共願為其徹底實現而奮鬥。（二）取消一切推翻政府的暴動政策及赤化運動，停止以暴力沒收地主土地的政策。（三）取消蘇維埃政府，實行民權政治，以期全國政權的統一。（四）取消紅軍名義及番號，改編為國民革命軍，受政府之統轄，並待命出動，擔任抗日前線之職責。[22]這份宣言顯示，中共為了求生存，不惜犧牲主義與制度的尊嚴，接受國民政府的收編，在抗日救國的名義下，領餉坐大，然後變臉反撲。

一九三八年十月，毛澤東在中共第六屆中央委員會第六次全體會議上，報告「中國共產黨在民族戰爭中的地位」，首先提到愛國主義與國際主義的問題，認為共產黨員可以身兼二者。「因為只有為著保衛祖國而戰才能打敗侵略者，使民族得到解放。只有民族得到解放，才有使無產階級和勞動人民得到解放的可能。中國勝利了，侵略中國的帝國主義者被打倒了，同時也就是幫助了外國的人民。因此，愛國主義就是國際主義在民族解放戰爭中的實施。」[23]毛澤東無法解釋，過去琅琅上口的說詞，例如「全世界無產者，聯合起來」，以及「工人無祖國」等，此時為何不能適用。不過，他畢竟透露了愛國主義只是中共的手段，而非目的。從毛澤東、鄧小平到江澤民，在不同的時空，為了政治的現實，都推出過愛國主義。若與四項基本原則相較，愛國主義一如民族主義，只有利用

[22] 「共赴國難宣言」，中共稱之「中共中央為公布國共合作宣言」，初發表於一九三七年七月十五日，九月二十二日再發通電，收入《中共統戰文件選編》（臺北：中國問題研究出版社，一九八三年），頁九八。

[23] 毛澤東，「中國共產黨在民族戰爭中的地位」，同[14]引書，頁四八七。

價值，沒有長遠價值，所以始終不是中共的「國策」，無法與馬列主義和毛澤東思想相提並論。

## 四、兩種主義的比較

中國自古即為文化大國，孔子「嚴夷夏之防」的民族主義，可謂文化的民族主義。㉔正因中國的歷史悠久，遺產豐富，所以孫中山先生演講民族主義時，雖處於學術界反傳統的濃厚氣氛下，仍力排眾議，強調發揚固有文化的重要。他指出，民族構成的要素有五：血統、生活、語言、宗教、風俗習慣。後四者含有文化性質，自不待言，即血統亦含有一半——血是生物性，血而有統，則是文化性。㉕蔣介石先生也指出，民族主義是一種文化意識，其中包括民族思想，也包括民族感情。一個民族珍視自己的歷史，愛護自己的文化，維護自己的尊嚴，恢復自己國家的獨立，這就是民族主義的精神所在。㉖由此可知，民族是以共同文化為基礎的血緣團體，文化為民族的靈魂，同胞的共識，捨民族文化而談民族主義，若非出於無知，即屬蓄意變貌，結果總是忘本失根。

共產黨平時因為反對民族主義，連帶也反對民族文化。馬克思說：「商品的占有者最後明白，

㉔ 胡秋原，《國父思想與時代思潮》（再版，臺北：幼獅文化公司，一九七七年），頁一一三。
㉕ 胡一貫，《三民主義與共產主義》（臺北：中央文物供應社，一九八一年），頁一六一。
㉖ 蔣中正，《蘇俄在中國》（臺北：中央文物供應社，一九七三年），頁二六五。

民族只是基尼的標記。」㉗基尼是英國金幣的單位，馬克思認為，由於資產階級的發展、商業自由和世界市場，以及工業生產等因素，將使民族主義逐漸消滅，民族文化自亦不存。「無產者大部分已自然擺脫民族成見及其文化，他們的一切運動在本質上是人類的和反民族的。」這種立場，再度說明其國際主義與民族主義的不容。列寧和斯大林亦皆如此，他們直指民族文化是「資產階級的騙人工具」，意在分裂各民族的無產階級，妨礙無產階級的國際文化，所以必須打倒。時至今日，中共仍以如下觀點，充為民族主義的主要定義：

資產階級處理民族問題、民族關係的原則和政策。特點是抹煞階級矛盾，以全民族的代表自居，把本民族的利益，其實是本民族中資產階級的利益，置於其他民族的利益之上，煽惑、驅使人民排斥、歧視以至壓迫、掠奪其他民族，企圖以民族鬥爭取消階級鬥爭，藉以維護資產階級的統治，謀取資產階級的利益。民族主義在不同歷史條件下起著不同作用。列寧指出：「必須把壓迫民族的民族主義和被壓迫民族的民族主義區別開來，把大民族的民族主義和小民族的民族主義區別開來。」（《列寧全集》第三十六卷，第六三二頁）在資本主義上升時期反抗封建的異族統治、爭取民族獨立的運動中，在現代殖民地、半殖民地國家的民族解放運動中，在民族獨立國家和其他一些國家反對帝國主義、霸權主義侵略擴張的鬥爭中，民族主義有一定的進步作用，但以符合資產階級利益為限。而在資產階級取得並鞏固政權後，往往以「民族利益」為掩飾，一方面加緊對本民族人民的剝

㉗馬克思，「政治經濟學批判」，引自任卓宣，《三民主義與共產主義》（初版，臺北：帕米爾書店，一九七九年），頁一九〇。

削和奴役，另方面以各種方式侵犯其他民族的利益。帝國主義、殖民主義更是把民族主義作為侵略擴張的思想工具，鼓吹民族歧視，煽動民族仇恨，為其推行民族壓迫政策和發動侵略戰爭辯護。無產階級支持被壓迫民族的進步的民族主義，反對壓迫民族的反動的民族主義，在民族問題上，無產階級政黨的原則是國際主義，不是民族主義；主張各民族一律平等，各民族有自決權，各民族無產階級聯合起來。㉘

由此清晰可見，大體而言，中共視民族主義為資產階級的專利，因此評價多屬負面，針鋒相對在所不惜。中共外受馬克思主義的影響，內困於大陸少數民族林立的現實，因此建立政權後，不但未敢提倡民族主義，反而極力貶抑，必欲除之而後快。論者將民族主義的皇冠，戴在中共的頭上，徒然換來後者的明怒與暗笑。誠然，中共在政治謀略上，曾經利用民族主義，因而獲益良多，但不能據此稱其為民族主義者。在大陸的辭典裡，民族主義的次要定義如下：

三民主義的組成部分，孫中山提出的中國資產階級民主革命關於民族問題的綱領。起初，在「中國同盟會總章」和準備起義時散發的「軍政府宣言」中提出：「驅除韃虜，恢復中華」；後來，在俄國十月社會主義革命影響和中國共產黨幫助下，孫中山在一九二四年的「中國國民黨第一次全國代表大會宣言」中，重新解釋了民族主義，指出：「民族主義，有兩方面之意義：一則中國民族自求解放；二則中國境內各民族一律平等。」並指出：「民族解放之鬥爭，對於多數之民眾，其目標

---

㉘「民族主義」，見宋原放主編，《簡明社會科學詞典》（二版八刷，上海：辭書出版社，一九八七年），頁二九一。

皆不外反帝國主義而已。」在後來所作的「三民主義」的演講中，孫中山說明所以要提倡民族主義，是為了促使全國人民結合成為一個堅固的民族，抵抗世界列強的侵略，用民族精神挽救國家的危亡。㉙

中共最喜強調，自己「幫助」了孫先生。其實，一九二一年七月下旬，中國共產黨在上海成立時，較之中國國民黨的前身興中會，晚了二十七年才誕生。此時中國無產階級只占總人口的百分之零點三七，大部分是流進城市不久的農民、手工業者和小資產階級的破落戶，充滿農民意識、行會觀念和流氓思想，沒有建黨的需要感。㉚因此，第三國際便將製造中共的責任，加在少數知識分子身上，而由其提供經費和訓練。中共成立時，全國只有五十七名黨員，出席一全大會者也不過十三人。此時的中國國民黨，早已是全國唯一足以抗衡北洋政府的實力政黨，僅就廣東一隅而論，黨員即逾三十萬，因此後來才有「國共合作」之說，而非「共國合作」之謂。

至於俄國十月社會主義革命的影響，亦可還原孫先生當時的看法。一九二一年十二月，孫先生在桂林接見第三國際代表馬林，後者提出國共合作問題，孫先生基於各種考慮，當面婉拒，同時指出：「蘇俄革命甫四載，其事蹟世罕能言之，文獻闕然，莫由聞知焉。吾儕革命黨人也，詎不同情革命？顧革命之主義，各國不同，甲能行者，乙或扞格而不通，故共產之在蘇俄行之，而在中國則

---

㉙同㉘引書。

㉚郭華倫，《中共史論》第一冊（增訂版，臺北：中華民國國際關係研究所、國立政治大學東亞研究所印行，一九七三年），頁三。

斷乎不能。」㉛一九二二年五月，國際共產青年團代表達林來華，向國民黨提出民主革命派聯合戰線的政策，又被孫先生拒絕，他只允許中共和共青團分子以個人資格加入國民黨，而不承認黨外聯合。同年八月，第三國際再派馬林來華，召集中共中央全體委員在杭州西湖開會，最後決定接受孫先生的條件，李大釗即赴上海晉見孫先生，表明中共願以個人資格加入國民黨，共同致力國民革命。至此，國民黨同意容共。孫先生後來屢對第三國際代表說：「共產黨既加入國民黨，便應該服從黨紀，不應該公開的批評國民黨。共產黨若不服從國民黨，我便要開除他們；蘇俄若袒護中國共產黨，我便要反對蘇俄。」㉜蘇俄何以會袒護中共？因為二者本為父子，其血緣如大陸的辭典所說，正是社會主義，此與民族主義出身的國民黨，自然格格不入。

一九二三年初，蘇俄代表越飛抵達上海，向孫先生提出聯俄問題。越飛重申，第三國際命令中共黨員加入國民黨，旨在協助中國的國民革命，並表示中國只宜行孫先生的三民主義，絕不能行共產主義。「即蘇俄實況，亦非實行所謂共產主義。一、二百年後，共產主義能否在蘇俄真見實行，亦屬疑問。」㉝在這樣的基礎上，孫先生於同年一月二十六日，與越飛發表聯合宣言，明白指出：

㉛ 鄧家彥，「馬丁謁總理實紀」，中國國民黨黨史委員會增訂，收入《革命文獻》第九輯（臺北：中央文物供應社，一九五五年），頁一四〇九。

㉜ 陳獨秀，「告全黨同志書」，收入《共匪禍國史料彙編》第一冊（再版，臺北：中華民國開國五十年文獻編纂委員會、國立政治大學國際關係研究中心出版，一九七六年），頁四二九。

㉝ 桂崇基著，沈世平譯，《中國國民黨與中國共產黨》（臺北：國防部總政治作戰部，一九七四年），頁六。

「孫逸仙博士以為共產組織甚至蘇維埃制度，事實上均不能引用於中國，因中國並無使此項共產制度可以成功之情況也。此項見解，越飛君完全同感，且以為中國最重最急之問題，乃在民國的統一之成功，與完全國家的獨立之獲得。」❸❹孫先生此時以一在野黨領袖，而能使一強國代表，發表不利其本國權益的聲明，可謂史無前例。這段宣言也說明孫先生對馬克思主義的理解，因為後者強調，共產革命會在資本主義高度發展的國度出現，而中國當時並未高度工業化。同時，孫先生有自己的黨、主義與革命的目標，因此，他在防制了蘇俄的野心後，才同意與之聯合。要而言之，孫先生聯俄容共的目的有三：化共產黨為國民黨、化共產主義為三民主義、化階級革命為國民革命。宣言中提到國家的統一與獨立，正是中國民族主義的理想，也正與共產主義的目標相反。

一九二四年一月二十日，中國國民黨召開第一次全國代表大會，李大釗在會中聲明，共產黨以個人身分加入國民黨，志在服從國民黨的主義、遵守國民黨的黨章，參加國民革命事業，絕對不是想把國民黨化為共產黨。❸❺他還散發一篇兩千字的意見書，肯定和響應國民革命，而且信誓旦旦，對國民黨容共的心情不無穩定作用。最後，大會申明紀律，即共產黨員既加入國民黨，都已宣誓服從三民主義，自不可違反黨紀。這是中共第一次正式認同三民主義，也是中國民族主義與共產主義較量後的首次獲勝。至於再度獲勝，則在一九三七年，該年八月二十二日，國民政府發布命令，收

❸❹ 收入❸❷引書，頁三八。

❸❺ 李雲漢，《從容共到清黨》（臺北：中國學術著作獎助委員會出版，一九六六年初版，一九七三年影印版），頁一七八。

編西北紅軍為國民革命軍。九月二十二日，政府公布中共的共赴國難宣言。次日，蔣委員長發表談話，明確指出，此次中共的宣言，即為民族意識勝過一切的例證。宣言中所舉諸項，如放棄暴動政策與赤化運動、取消蘇區與紅軍，皆為集中力量、救亡禦侮的必要條件，其宣稱願為實現三民主義而奮鬥，更足以證明，中國此時只能有一個努力的方向。㊱民族主義的所向披靡，共產主義的相形見絀，至此呈現最強烈的對比。

一九三七年九月，政府宣布收編共軍後不久，毛澤東即向其部隊講話：「中日戰爭為本黨發展之絕好機會，我們的決策是七分發展，二分應付，一分抗日。為使各同志今後工作便利，即使失卻聯絡時，亦能有不變之工作目標從事進行起見，特將此項決策告知各同志。」㊲毛澤東有此初心，下此命令，難怪他後來公開感謝日軍了。一九六四年七月十日，毛澤東接見日本社會黨的佐佐木更三、黑田壽南、細迫兼光等人時，一再表示倘無皇軍侵略中國，共產黨就奪取不了政權。所以，「日本軍國主義給中國帶來了很大的利益」。㊳此說完全顯現中共的立場，無視中國軍民的血淵骨嶽，置民族主義於度外，說明中共與中國的重大差距，也再度證實毛澤東倡言的愛國主義，只是愛共主

㊱同㉖引書，頁八二。

㊲原見「第八路軍中共支部書記李法卿揭述中共在抗戰期中整個陰謀」，收入《摩擦問題的真相》一書，（江西：尖兵半月刊社，一九四〇年），頁一。

㊳毛澤東，「接見日本社會黨人佐佐木更三、黑田壽南、細迫兼光等的談話」，收入《毛澤東思想萬歲》第一輯（臺北：中華民國國際關係研究所複製，一九六九年八月編印，一九七四年七月出版），頁五三四。

義而已。

抗戰勝利後，中共擴大武裝力量，加速準備奪取政權。蘇聯後來透露，當年援助中共的武器，計步槍七十萬枝、輕機槍一萬一千挺、重機槍三千挺、大砲一千八百餘門、迫擊砲二千五百門、坦克七百餘輛、飛機近九百架、大型軍火庫近八百所。㊴這是中共日後感恩圖報，以俄製「人民共和國」為號的一個原因。中共獲有大陸後，先向蘇聯一面倒，公開表示走俄國人的路。待此路不通，又與蘇聯爭奪馬列主義，直指對方為修正主義，而以正統自居。待此路又不通，為鞏固政權，在堅持四項基本原則之餘，乃重提愛國主義，而其正式的定義如下：

對祖國的忠誠和熱愛。毛澤東指出：「愛國主義的具體內容，看在什麼樣的歷史條件之下來決定。」（《毛澤東選集》合訂一卷本，第五〇八頁）剝削階級的愛國主義，是狹隘的愛國主義，有階級的局限性，但在某種特定條件下也有積極意義。隨著資本主義國家內外矛盾的激化，資產階級愛國主義日益暴露出它的虛偽性。資產階級往往在「愛國主義」的幌子下，壓迫本國的被剝削階級，並掠奪其他民族，散播不信任以至仇視其他民族的毒素。帝國主義、霸權主義的所謂「愛國主義」，實質上是民族利己主義和沙文主義，是為推行霸權主義和侵略政策、戰爭政策服務的。無產階級的愛國主義是同國際主義相結合的，是從本國人民和世界各民族人民的共同的根本利益出發的。中國人民具有愛國主義的傳統。中華人民共和國成立後，無產階級和勞動人民對祖國的忠誠，同他們對新的社會制度和人民的國家的熱愛完全一致地結合起來，使愛國主義的熱忱得到空前的發揚。愛國

---

㊴「莫斯科華語廣播」，一九六七年九月四日。

主義精神是社會主義精神文明的重要內容之一。[40]

由此充分可知，中共認可的愛國主義，和無產階級、國際主義、社會主義等密不可分。它與民族主義名似而實異，已為上述的史實與時事所驗證。中共批評民族主義時，提及帝國主義，此處也不例外。帝國主義本與民族主義為敵，列寧則以理論和謀略，將帝國主義與資本主義等同起來。資本主義本與共產主義為敵，如此代換的結果，巧妙地將民族主義與共產主義等同起來。三十年代以降的中國青年，從民族主義轉為共產主義，固事出多因，第三國際的刻意經營亦有功焉，益證中國共產主義來自異邦，賴以存活的土壤並非階級鬥爭，而是同胞自鴉片戰爭以來的愛國情懷。由此可知，列寧主義與馬克思主義不盡相同，列寧主義的奏效，無異宣布了馬克思主義的破產，但它畢竟席捲過中國知識分子的心。一部中國現代史多屬悲劇，演員是全體人民，而主角是知識分子，如今中共推出的劇本，仍是愛國主義，可謂陳年老戲了。

## 五、結　論

平情而論，中共得以走上中國現代史的舞臺，初拜第三國際之賜，黨員則多為知識分子，後又有更多的知識分子加入。其所以如此，實因他們遭逢五四運動以來中國文化的危機，傳統的自尊心也被否定，以致缺乏附著物與安定力，成為浮游的「意識形態人」，於是在西化的意識形態失靈時，

---

[40] 「愛國主義」，見[28]引書，頁八四九。

許多人既不能超越前進，乃接受俄化的馬克思主義，奉為靈丹。以三十年代作家為例，多屬魯迅所說「破落戶的飄零子弟」，由於對舊社會失望，離家走向十字街頭，迷途中拾獲共產主義的浮木，即視為安身立命之處所，更以為可建廣廈千萬間。他們獻出全部的熱情，汲汲為共產主義効勞，在文化思想和政治鬥爭上猛攻，寫文章辦活動皆不遺餘力，大約總將這個夢想高懸心中。換言之，他們以為共產主義朝著兩大目標行走：個人的解放和國家的新生。❹殊不知這種自由主義和民族主義的信仰，與共產主義恰恰相反，待效用已過，中共便設法停止他們的思想甚至生命，以求解決心腹之患，於是大陸知識分子的悲劇，乃成歷史的必然。

近代中國的民族主義，主要是西方侵略下的產物，因此可謂防衛的民族主義。俄國十月革命後，第三國際和蘇聯，即利用中國知識分子的愛國情懷，鼓吹民族解放運動，做為共產運動的踏腳石。又為遷就中國人口的結構，不惜違逆馬克思的農民觀，拉攏使成工農聯盟，以爭取多數，終在一九四九年得手於大陸。幸而中國尚有臺灣，讓三民主義重放光芒，強化了和共產主義的對照。發展中國人的文化創造力，增進中國人的自由民主，建設均富康強的新中國，促成世界的和平與盛，乃三民主義的積極要義。今天中國民族主義的進程，已包括復興民族文化，此為蔣介石先生的遺命，也正是共產黨過去所欲否定而不可得者。但是，我們必須正視，中共對大陸人民的文化創造力，的確摧殘過度，阻礙了中華民族的進步，使得孫先生「從根救起」的呼籲，如今又到眼前來。

中共對「從根救起」的反應，卻是在「政左經右」以外，提倡愛國主義。「愛國主義具體表現

❹夏志清，《文學的前途》（臺北：純文學出版社，一九七四年出版），頁三二一。

為熱愛自己的社會主義國家、捍衛社會主義國家的勝利成果、建設社會主義的覺悟和熱情。」㊷凡此種種，與矢志復興文化的中國民族主義何涉？中共稱許的社會主義，是共產主義的過渡和必經階段，共產主義則為民族主義的天敵，彼此唯一的交集在戰場，當然談不上相濡以沫了。現代中國的民族主義，是三民主義的一環；中共宣傳的愛國主義，則為共產主義的工具，兩者差異的根源在文化。歷史中國的解讀，現實中國的經營，未來中國的塑造，三民主義者和共產主義者皆有不同的思維與行為，襯托出民族主義和愛國主義的判然有別。中共若能拔除馬列主義毛澤東思想、社會主義道路、共產黨領導、人民民主專政這四個「擎天柱」，讓愛國能超越黨派，不受政治的污染，還其純潔的原貌，則愛國主義與民族主義方能相應有期。

㊷「愛國主義」，見劉延勃、張弓長、馬乾樂、張念豐主編，《哲學辭典》（初版二刷，吉林：人民出版社，一九八五年），頁五四八。

# 中共人物與五四運動

## 一、前　言

五四運動至今已久，其間景慕者有之，詬病者有之，釋義者有之，曲解者亦有之。五四運動一如辛亥革命，打破了黑格爾的預言。十九世紀初，黑格爾形容中國歷史的發展，正處於「永恆的休止」，將不會有任何的轉變。結果自鴉片戰爭以來，中國人在危急存亡之秋，紛紛採取行動，從器物改良到思想革命，寫成一部死裡求生的近代現代史。辛亥革命推翻了數千年的專制政體，開中國前所未有之新局，從此確立主權在民的原則，為全民政治的理想奠定了基礎。民智既然因此初開，五四運動時知識分子登高一呼，各界響應，實非偶然。我們的中國現代史起於辛亥革命，自有史實的支持。

辛亥革命產生了中華民國，而中共是中華民國的否定者，因此貶抑辛亥革命的歷史地位，轉藉五四運動以自壯。眾所周知，五四運動本身是一個單純的愛國運動，如果沒有爭取山東權益的問題，則俄國的十月革命根本不足以使中國發生此事。列寧認為沒有革命的理論，就沒有革命的行動，所以第三國際在製造中共時，不忘推廣馬克思主義。誠然，廣義的五四運動即新文化運動的參與者中，有些人粗具馬克思主義的部分知識，但在那個各種理論雜陳的時期，往往有人身兼數種政治信仰，甚至在接受馬克思的唯物史觀時，同時否定其核心主張——階級鬥爭。因此，不能遽稱他們當時就是共產主義知識分子，尤不宜說，反對民族主義的無產階級思想，領導了五四愛國運動。

五四運動由北京出發，以民族主義為要義，新文化運動則表現了濃厚的自由主義色彩。其後的五卅運動由上海出發，顯見社會主義的成分。前者抗日，後者反英，俱求廢除不平等條約，都可匯歸到三民主義的巨流中。中國共產主義來自蘇俄，因上海的五卅運動而擴大，非因北京的五四運動。一九一九年五月四日當天遭軍警逮捕的許德珩，後來重複毛澤東的聲音，謂五四運動受了俄國革命的影響。❶如此抹煞自己昔日的愛國情操，傍人門戶，恐非有識之士所能首肯。

在三篇不同的講詞中，毛澤東首謂「五四運動之成為文化革命新運動，不過是中國反帝反封建的資產階級民主革命之一種表現形式」。❷此說雖不脫共產黨慣用的語氣，但至少承認五四運動的非共性質。及至準備向蘇俄靠攏，他即改口強調，「五四運動是在當時世界革命號召之下，是在俄

❶ 許德珩，「孫中山先生對五四學生運動的同情和支持」，原載《九三社訊》，題為「紀念與回憶」（一九五六年十一月十二日），收入中國社會科學院近代史研究所編，《五四運動回憶錄》（下）（初版，北京：中國社會科學出版社，一九七九年），頁六三八。

❷ 毛澤東，「五四運動」（一九三九年五月），收入《毛澤東選集》第二卷（二版十二刷，北京：人民出版社，一九六五年），頁五四五。

國革命號召之下，是在列寧號召之下發生的。五四運動是當時無產階級世界革命的一部分。五四運動時期雖然還沒有中國共產黨，但是已經有了大批的贊成俄國革命的具有初步共產主義思想的知識分子」。❸如此輕易將五四的功勞拱手讓給俄國人，並且生搬硬套階級鬥爭的公式。最後為了整肅今昔的異己，他又表示「五四運動也是有缺點的。許多那時的領導人物，還沒有馬克思主義的批判精神，他們使用的方法，一般地還是資產階級的方法，即形式主義的方法」。❹凡此三變，顯示對五四評價的矛盾和混亂。

誠然，五四運動前兩年出現了俄國革命，後兩年出現了中共，三者在時間上如此接近。但是，中共主要屬於蘇俄東方政策下的產物，若無五四運動，它仍可能出生。我們也不必諱言，五四人物高唱民主與科學，以學習西方為救國的手段，但在巴黎和會上，西方列強露出了帝國主義的面貌，依舊是強權戰勝了公理，使得中國人大失所望，部分知識分子於是轉向蘇俄，改走俄國人的路，終以悲劇收場。然而，毛澤東倒果為因，說俄國人號召了五四運動，不免自陷於歷史的盲點。梁啟超嘗謂，歷史在將過去的真事實予以新意義或新價值，以供現代人活動之資鑑。換言之，歷史不免價值判斷，但須根據史實。今本此精神，以「不哭不笑，但求理解」為前提，還原中共人物與五四運動的關係，盼收鑑往知來之效。

---

❸毛澤東，「新民主主義論」（一九四〇年一月），收入❷引書，頁六九三。

❹毛澤東，「反對黨八股」（一九四二年二月），收入《毛澤東選集》第三卷（二版十一刷，北京：人民出版社，一九六四年），頁八三三。

五四運動爆發時，世間尚無中共，自無中共黨員可言。日後的中共人物裡，則不乏曾經涉足五四運動者，尤以「南陳北李」——陳獨秀與李大釗為最著，而為大陸史書所樂道，彼等在五四運動前後的言行真貌，亟待還原與解析。此外，後來崛起的毛澤東與周恩來，在五四運動時的思維與角色，亦有檢討以明真相的必要。

## 二、陳獨秀與五四運動

一九一五年春，陳獨秀自日本返國，九月創辦《青年》雜誌，以社會啟蒙者自許。他在創刊號發表「法蘭西人與近世文明」，對法式民主推崇備至，嚮往之情溢於言表。論及社會主義，也以聖西門與傅利葉為主，並稱道勞資協調的社會政策，他主張的社會主義屬於溫和派，至為明顯。次年九月，該誌改名《新青年》，仍延續已發行的卷數稱第二卷，他以梁啟超「新民說」式的筆觸，勉勵青年積健為雄，滌盡做官發財的思想，而拔本塞源之計，在提昇民族的公德與私德，否則雖有少數難能可貴的愛國烈士，非徒無救於中國之亡，行見種族之滅。他的愛國主義，不在為國捐軀，而在篤行自好之士，為國家惜名譽、弭亂源、增實力，故提倡勤儉廉潔誠信六德，以為持續治本的真正愛國行為。❺此說無異於孫中山先生倡言的「有道德始有國家」，亦即以道德為國家長治久安的

❺陳獨秀，「我之愛國主義」（一九一六年十月一日），收入《獨秀文存》上冊（初版，香港：遠東圖書公司，一九六五年），頁九四。

動力，可視為一種新倫理觀，無疑偏向唯心主義。

《新青年》此時譽滿天下，謗亦隨之，陳獨秀遂於一九一九年一月發表「新青年罪案之答辯書」，謂該誌同仁本來無罪，罪在擁護德先生(democracy)與賽先生(science)。要擁護德先生，便不得不反對孔教禮法、貞節、舊倫理、舊政治；要擁護賽先生，便不得不反對舊藝術、舊宗教；要擁護德先生與賽先生，便不得不反對國粹和舊文學。「西洋人因為擁護德賽兩先生，鬧了多少事，流了多少血，德賽兩先生才漸漸從黑暗中把他們救出，引到光明世界。我們現在認定只有這兩位先生，可以救治中國政治上、道德上、學術上、思想上一切的黑暗。若因為擁護這兩位先生，一切政府的壓迫、社會的攻擊笑罵，就是斷頭流血，都不推辭。」❻該文堅持民主與科學，加上革新政治的工具——新文學，三者構成《新青年》以至新文化運動的主要內容，陳獨秀是激越的鼓吹者，念茲在茲，拳拳服膺，馬克思主義此時在他的思慮中，近乎一片空白。五四運動前夕，他最關心巴黎和會的消息，對曹汝霖、章宗祥、陸宗輿等人更指名笑罵，不留餘地，顯示其個性的剛烈，也充分預告了五四運動的愛國本義。

陳獨秀並未參加五四當天的示威，但他密切注意此事。及至六月三日，愛國行動達到高潮，眾多學生被捕，他憤而走上街頭，散發「北京市民宣言」，果被軍警逮捕，立即震驚全國。同年九月，他在八十三天的牢獄之災後獲釋，繼續從事研究，主張以英美為榜樣，實行民治主義。❼十二月，

❻ 陳獨秀，「新青年罪案之答辯書」（一九一九年一月十五日），收入❺引書，頁三六三。

❼ 陳獨秀，「實行民治的基礎」（一九一九年十一月二日），收入❺引書，頁三八○。

他發表「新青年宣言」，再度闡述民主與科學，認為真的民主政治必會把政權分配給人民全體，就是有限制，也以有無職業為準，不以有無財產為準。「至於政黨，我們也承認他是運用政治應有的方法，但對於一切擁護少數人私利或一階級利益，眼中沒有全社會幸福的政黨，永遠不忍加入。」❽他同時相信，尊重自然科學與實驗哲學，破除迷信妄想，是當時社會進化的必須條件。這篇宣言是理想社會主義和自由主義的混合體，並顯示杜威思想贏得了中國新文化領袖的好感，馬克思主義在此並不醒目，實驗主義凌駕辯證唯物論之上，階級鬥爭的觀念也被明確拒絕。❾不僅思想界的領袖如此，五四事件前後的中國知識青年大多具此傾向，非以共產主義為信念。五四運動欲實現的民族國家，原為中國自秦漢以來的固有體制，此時的鼓吹者如陳獨秀，則以大革命後的法國為榜樣，自由、平等、博愛也成為民主的代名詞。民主與科學相提並論，即為法國啟蒙運動中國版的兩大內容。

至一九一九年底為止，陳獨秀的思想主流是民主主義，此為中共的史家所不諱言。❿換言之，他在五四運動爆發前後的重要理念，皆與共產主義無關。一九二〇年初，他從北京遷居上海。五月間，第三國際代表胡定斯基抵滬，與之商談組黨事，此時他在理論上已成為共產主義者，發表了「勞

❽陳獨秀，「新青年宣言」（一九一九年十二月一日），收入❺引書，頁三六七。

❾Chow Tse-tsung, *The May Fourth Movement: Intellectual Revolution in Modern China* (Cambridge Mass: Harvard University Press, 1960), p.176.

❿胡華、彭明，「五四時期的陳獨秀」，收入胡華主編，《五四時期的歷史人物》（初版，北京：中國青年出版社，一九七九年），頁一〇七。

動者底覺悟」等文，宣傳勞動創造世界說。因此，論者以一九二〇年為陳獨秀進入共產運動的時期。⓫其實，他在傳播馬克思主義的同時，也反對馬克思主義的若干觀點，並未全盤接受。例如遲至一九二一年八月，他仍然認為群眾心理都是盲目的，無論怎樣偉大的科學家，一旦置身群眾之中，便失去理性。同時，有史以來成功的革命，無一不是少數人壓服多數人，俄國十月革命也不例外，而中國如有一億人獻身社會革命運動，即為一億人壓服三億人之舉。⓬此說無異否定群眾的意志，自與馬克思主義不符。他還強調此時中國的勞工運動，「一不是跟著外國的新思潮湊熱鬧，二不是高談什麼社會主義，不過希望有一種運動，好喚起我們對於人類的同情心和對於同胞的感情，大家好來幫助貧苦的勞動者，使他們不至於受我們所不能受的苦惱。」⓭此種人性論與改良主義的思想，又與階級革命論格格不入，所以陳獨秀接受和宣傳馬克思主義時，態度並不徹底，為中共的史家所承認。⓮五四運動在本質上與馬克思主義無涉，此處可為明證。

⓫ 鄧玉汝，《陳獨秀年譜》（初版，香港：龍門書店，一九七四年），頁三一。
⓬ 區聲白、陳獨秀，「討論無政府主義」，原載《新青年》第九卷第四號（一九二一年八月一日），引自彭明，「五四時期的李大釗和陳獨秀」，收入王樹棣、強重華、楊淑娟、李學文編，《陳獨秀評論選編》上冊（初版，開封：河南人民出版社，一九八二年），頁一五五。
⓭ 陳獨秀，「此時中國勞動運動的意思」，原載《勞動界》第四冊，一九二〇年九月，引自彭明，「五四時期的李大釗和陳獨秀」，收入⓬引書，頁一五六。
⓮ 彭明，「五四時期的李大釗和陳獨秀」，收入⓬引書，頁一五六。

陳獨秀晚年深思熟慮，回歸自己在五四時期的立場，擁護民主與科學，而析論更見精闢。他直指科學、民主制度和社會主義，乃近代人類社會的三大天才發明，至可寶貴。不幸俄國十月革命以來，輕率將民主制度和資產階級統治一同推翻，以獨裁代替了民主，所謂「無產階級民主」和「大眾民主」，只是一些空洞名詞，一種控制資產階級民主的門面語而已。⑮民主政治的真實內容如下：法院以外的機關無捕人權，無參政權不納稅，非議會通過政府無徵稅權，反對黨有組織言論出版自由，工人有罷工權，農民有耕種土地權，以及思想宗教自由等，這正是蘇聯等國所要推翻的。⑯證諸八十年代，中共猶以「社會主義民主」為名，反對「資產階級自由化」，亦即反對陳獨秀列舉的各項自由，則其見解可謂歷久彌新。

## 三、李大釗與五四運動

一九一六年四、五月間，李大釗放棄早稻田大學的課業返滬，六月北上籌編《晨鐘報》，八月該報誕生，他撰文介紹托爾斯泰的博愛主義，尼采的超人哲學，似可說明此時和魯迅一樣，崇尚「托尼思想」。九月《新青年》刊出他在日本寫的「青春」，仍以唯心主義為主導。一九一七年一月，《甲

⑮ 陳獨秀，「給西流的信」（一九四〇年九月），收入《陳獨秀最後對於民主政治的見解》（再版，香港：自由中國出版社，一九五〇年），頁二一。

⑯ 陳獨秀，「給連根的信」（一九四〇年七月三十一日），收入同⑮引書，頁二六。

寅》創刊於北京，他應約擔任編輯，發表時論多篇，不乏批判守舊派迷信孔子之作。直到該年八月，他才表示不敢對梁啟超的改良派寄以奢望，但仍建議彼等堅持政治信念，與革命派行軌道內的對抗，不為軌道外的芟鋤，主義不妨與急進者稍事融通，權力不妨對固陋者稍事退讓，改良派對新舊離合的變遷減免一度，即政治上的紛擾潛消一度，「庶所謂委曲求全、忍辱負重者，或有幾分之成功也」。⑰此說顯然是一種調和論，去暴力鬥爭說甚遠。中共現亦承認，「由於歷史條件的限制，大釗同志還不可能運用階級分析的方法，來分析資產階級改良派與革命派的階級實質」。⑱這無異說明，李大釗此時仍以愛國思想為其中心信仰，階級思想於他何有哉？

一九一七年，俄國爆發了十月革命，敏於時事的李大釗，遲至一九一八年七月，才發表「法俄革命之比較觀」，開始陳述他想像中的「美麗新世界」：「法人當日，固有法蘭西愛國的精神，足以維持其全國之人心；俄人今日，又何嘗無俄羅斯人道的精神，內足以喚起其全國之自覺，外足以適應世界之潮流，倘無是者，則赤旗飄飄舉國一致之革命不起。」⑲他將法俄革命相提並論，略去法國革命後造成的民權障礙，也不顧兩者本質上的絕大差異，一併讚頌不已，似可說明他此時並非純粹的馬克思主義者。

---

⑰李大釗，「闢偽調和」（一九一七年八月十五日），收入《李大釗文集》（上）（初版，北京：人民出版社，一九八四年），頁五一二。

⑱《李大釗傳》編寫組，《李大釗傳》（初版二刷，北京：人民出版社，一九八〇年），頁三一。

⑲李大釗，「法俄革命之比較觀」（一九一八年七月一日），收入⑰引書，頁五七五。

一九一八年十一月，協約國擊敗德國，第一次世界大戰告終。同月末，李大釗在中央公園演說，宣稱此戰在政治上是專制主義失敗，民主主義勝利，也就是庶民的勝利。民主主義和勞工主義何以致勝？因為大家要抵抗強暴勢力的橫行，乃本著互助的精神，提倡一種平等自由的道理，方得克敵。既已獲勝，則「今後世界的人人都成了庶民，也就都成了工人」。⓴這種全民皆工的觀念，接近《禮記・禮運篇》所說的「男有分」，與馬克思定義下的無產階級——生產工具非歸己有的城市工人不同。

接著他又撰寫「Bolshevism的勝利」，再度指稱戰局終結的真因，是人道主義的勝利，是和平思想的勝利，是公理的勝利，是自由的勝利，是民主主義的勝利，是社會主義的勝利，是布爾什維克主義的勝利，是赤旗的勝利，是世界勞工階級的勝利，是二十世紀新潮流的勝利。「人道的警鐘響了！自由的曙光現了！試看將來的環球，必是赤旗的世界！」㉑此文將人道、自由、民主和布爾什維克主義、赤旗之間劃上等號，顯示他並不了解俄共革命的理論與實際。即在中國大陸，一九四九年起，「自由」等詞也多已消失，依劉賓雁的記憶，只有攻擊自由主義和資產階級自由民主思想時，才能碰到此類名詞。

---

⓴ 李大釗，「庶民的勝利」（一九一八年十一月），收入⓱引書，頁五九五。

㉑ 李大釗，「Bolshevism的勝利」（一九一八年十二月），收入⓱引書，頁六〇三。

一九一八年被視為李大釗轉變為馬克思主義者的關鍵，❷理論上從一九一九年起，他就應該是一個純粹的馬克思主義者了。該年元旦，他撰文期待從今以後，生產制度產生巨變，全世界的勞工階級聯合起來，打倒全世界的資本階級。與此同時，他卻強調生物的進化不是靠競爭，而是靠互助。「人類若是想求生存，想享幸福，應該互相友愛，不該仗著強力互相殘殺。」❸如此矛盾的言論出於同爐，映現他的思想紛然雜陳，信仰不止一端。稍早的一九一八年十二月二十二日，他與陳獨秀共創《每周評論》，至五四運動高潮時，他在該刊發表了五十五篇文字，其中不乏馬克思主義的觀點，但仍未定於一尊，愛國的筆觸也在在可視。

五四運動當天，李大釗雖然身在北京，但也未參加學生的示威遊行。陳獨秀被捕後，他營救之餘，態度轉趨激烈。六月二十八日，巴黎和約簽字，他預測巴黎的歡聲必能送入世人的耳鼓，可是，國人應常紀念今年此日，新華門總統府前的哭聲。他又質問威爾遜總統：二十七日巴黎的白宮宴會，法國總統舉觴祝賀各國代表，「我不知那位威先生在那慶祝偽平和的席上，如何下咽，感慨如何？」❹這些愛國的聲音一吐為快後，他再度強調人類應該相愛，依互助而生存進化，不可依賴戰

❷高一涵，「回憶五四時期的李大釗同志」，收入《回憶李大釗》（初版，北京：人民出版社，一九八〇年），頁一六五。
❸李大釗，「新紀元」（一九一九年元旦），收入⓱引書，頁六〇六。
❹李大釗，「威先生感慨如何？」（一九一九年六月二十八日），收入《李大釗文集》（下）（初版，北京：人民出版社，一九八四年），頁十五。

爭。「依人類最高的努力，從物心兩方面改造世界、改造人類，必能創造出來一個互助生存的世界。我信這是必然的事實。」此種社會互助論和心物並重論，自然有別於階級鬥爭論和唯物論，偏離了馬克思主義的正統解釋。「總結一句話：我信人類不是鬥爭著、掠奪著生活的，總應該是互助著、友愛著生活的。階級的競爭，快要熄了。互助的光明，快要現了。我們可以覺悟了。」㉕此種階級鬥爭熄滅論，與毛澤東後來高呼的「千萬不要忘記階級鬥爭」，正好背道而馳，此固因時空的差異，「北李」與「南毛」個性不同亦有以致之。

一九一九年九月起，李大釗在《新青年》上連載「我的馬克思主義觀」，該文名為自己的觀點，實則主要轉譯自河上肇的日譯馬克思原著，內容包括唯物史觀、階級鬥爭說和經濟論。在評論部分，他承認馬克思有些「牽強矛盾」，「近來哲學上有一種新理想主義出現，可以修正馬氏的唯物論，而救其偏蔽」。他更強調當此過渡時期，應加倍致力於倫理的感化，人道的運動，剷除人類在前史中所受的惡習，所養的惡質，不可單靠物質的變更，「這是馬氏學說應加救正的地方」。㉖此係李大釗成為中共創始人物的前夕，最重要的一篇論文，對馬克思主義並未全面揄揚，反而多所矯正。隨著一九一九年的結束，中共的史書也寫完李大釗是「五四運動的領導者之一」這章，他在五四時期的思想脈絡，也較清晰可尋了。

㉕李大釗，「階級競爭與互助」（一九一九年七月六日），收入㉔引書，頁一九。
㉖李大釗，「我的馬克思主義觀」（一九一九年五月、十一月），收入㉔引書，頁六八。

## 四、毛澤東與五四運動

一九一八年四月十四日，毛澤東和一些朋友成立新民學會，最初會員為二十一人，後來發展到七十八人。中共現在認為，新民學會是湖南共產黨的前身，實質上起過祕密黨小組的作用。㉗此說如能成立，也是後期的事。倒是毛澤東自己承認，新民學會和當時中國許多團體一樣，是受了《新青年》影響才組成的，他在校時熱烈嗜讀該雜誌，特別喜歡其中胡適和陳獨秀的文章，自稱後二者代替了康、梁，成為他崇拜的人物。

一九一八年八月，毛澤東於湖南第一師範畢業後不久，陪同預備赴法勤工儉學的湖南學生抵達北京，自己則未出國，經北大教授——前第一師範教員楊昌濟的介紹，任北大圖書館主任李大釗的助手。毛澤東後來指出：「我的地位是十分低下的，人們都不屑和我接近。我擔任的工作是登記到圖書館來看報的人們的名字，可是大多數人們都瞧我不起。在這些來看報的人們當中，我認識了許多有名的新文化運動的領袖，像傅斯年、羅家倫之類，我對於他們特別感覺興趣。我想去和他們交換一些關於政治和文化問題的意見，可是他們都是忙人，沒有時間去傾聽一個圖書館助理員的南方

㉗蕭三，《毛澤東同志的青少年時代和初期革命活動》（初版，北京：新華書店北京發行所，一九八〇年），頁七〇。

土語。」㉘毛澤東這種早年心理受挫的經驗，可能影響到那後來對知識分子的政策。事實上，傅斯年與羅家倫日後都被指為「反動文人」，胡適更是飽受攻擊，陳獨秀也一度成了「托匪漢奸」。

一九一九年四月，毛澤東經上海回到長沙，在修業小學教歷史。次月，北京爆發了五四運動，獲得舉國響應，湖南人心亦極激昂，不久湖南學生聯合會成立，展開抵制日貨、焚燒日貨、愛國儲金等活動。隨後湖南各界聯合會也告成立，說明了學生運動擴大為全民愛國運動的效果。以上各組織都和新民學會有關，毛澤東是推動者之一。在當時的中國，各省學運中都有像他這樣的人物。㉙

一九一九年七月十四日，湖南學生聯合會的機關報紙《湘江評論》創刊，這是一份四開四版的小型周報，以宣傳最新思潮為主旨。㉚主編毛澤東在創刊宣言中指出，各種改革一言蔽之，「由強權得自由」而已，各種對抗強權的根本主義為民主主義，至於打倒的方法則有兩說，一急烈的，一溫和的，應有一番選擇。他認為用強權打倒強權，結果仍然得到強權，不但自相矛盾，並且毫無效力，因此主張群眾聯合，向強權者為持續的「忠告運動」，實行「呼聲革命」——麵包的呼聲，自由的呼聲，平等的呼聲，此即「無血革命」，這樣才不致引起大亂，行那無效的「炸彈革命」、「有

㉘愛德迦・史諾筆錄，方霖翻譯，《毛澤東自傳》（初版，香港：新民主出版社，一九四八年），頁二五。
㉙鄭學稼，「中共成立前後的毛澤東」，收入鄭著《中共興亡史》第四冊附錄（初版，臺北：中華雜誌社，一九七九年），頁一〇〇四。
㉚同㉗引書，頁七九。

血革命」。❸❶由此可知，毛澤東此時仍主張民主改革，反對暴力鬥爭。

《湘江評論》第二、三、四期，連載了毛澤東所撰「民眾的大聯合」，提及大聯合的可能與必要、方法與動機、能力等，通篇為宣傳性質，其中所謂方法就是從各行業的小聯合入手，此亦無甚高論，因為已有這種事實存在。值得注意的是他如下的觀點：「平民已將貴族資本家的三種法子（知識、金錢、武力）窺破，並窺破他們實行這三種是用聯合的手段，又覺悟他們的人數是那麼少，我們的人數是這麼多，便大大地聯合起來。聯合以後，有一派很激烈的，就用『以其人之道，還治其人之身』的辦法，同他拚命的搗蛋。這一派的首領，是一個生在德國的叫馬克思。一派較為溫和的，不想急於見效，先從平民的了解入手。人人要有點互助的道德，和自願的工作。貴族資本家，只要他回心向善能夠工作，能夠助人而不害人，也不必殺他；這一派人的意思，更廣、更深遠，他們要聯合地球的一周，聯合人類做一家和樂親善——不是日本的親善——共臻盛世。這派的首領為一個生於俄國的叫做克魯泡特金。」❸❷這篇算是《湘江評論》上最重要的文章，顯示毛澤東對無政府主義的推崇超過馬克思主義，互助論在他的心目中也勝過鬥爭論。

《湘江評論》僅出至第四期，即於一九一九年八月上旬，被湖南督軍張敬堯查封。連同臨時增

---

❸❶毛澤東，「《湘江評論》創刊宣言」，收入《毛澤東思想研究文選》（二），見《馬克思主義研究參考資料》，馬克思、恩格斯、列寧、斯大林著作研究會編輯出版部，八一年第六期（總五八期），一九八一年二月出版，頁三。

❸❷毛澤東，「民眾的大聯合（一）」，同❸❶引書，頁一〇。

刊一期，這份只出版五期的短命報紙，其內容與影響力根本不及《新青年》和《每周評論》。毛澤東即使再自負，日後也只能說《湘江評論》對於華南學生運動有很大的影響。❸❸中共的史家卻視其為五四時代的最強音，而且還說這是在傳播馬列主義上。毛澤東後來告訴史諾，直到一九一九年十二月，他再度北遊時，才建立起對馬克思主義的信仰，而且遲至一九二〇年夏天，他方能自認是一個馬克思主義者。❸❹中共的史家據此，稱毛澤東第二次到北京期間，是他從具有初步共產主義思想的知識分子，發展為馬克思主義者的關鍵階段。❸❺

一個初步的共產主義知識分子，應該具備哪些條件？後來大陸探討及此，有人提出以下幾點：（一）對馬克思主義最基本的原理有初步的了解，（二）相信共產主義，（三）贊成俄國十月革命，（四）主張暴力革命，（五）承認無產階級專政，（六）徹底的反帝、反封建等。然而，上述條件實不利於中共的改寫現代史，於是又有人從寬規定，具有初步共產主義思想的知識分子主要標誌是：學習和宣傳馬克思主義的一般原理，並用它做為指導武器，開始觀察和重新考慮中國的問題。此處重要的是，應以馬克思主義開始觀察和重新考慮中國的問題。❸❻現就從寬的定義來看，毛澤東在一

❸❸同❷❽引書，頁二八。
❸❹同❷❽引書，頁三〇。
❸❺蕭效欽，「五四時期的毛澤東——五四運動前後毛澤東同志的思想發展」，收入胡華主編，《五四時期的歷史人物》（初版，北京：中國青年出版社，一九七九年），頁六八。
❸❻馮建輝，「建黨初期的陳獨秀」，《歷史研究》月刊，一九七九年四月號，頁二九。

九一九年十二月以前，仍無法被視為具有初步共產主義思想的知識分子。

至於一九一九年十二月以後，毛澤東是否就發展成為一個馬克思主義者？此亦值得商榷。一九二〇年三月十四日，他在北京寫信給周世釗時表示：「老實說，現在我於種種主義、種種學說，都還沒有得到一個比較明瞭的概念，想從譯本及時賢所作的報章雜誌，將中外古今的學說刺取精華，使他們各構成一個明瞭的概念。」㊲同年四月，陳望道譯的《共產黨宣言》才在上海首次出版，而毛澤東即於五月初離開北京。因此，他在故都閱讀有關馬克思著作的收穫實為有限。

抑有進者，毛澤東由於不諳外文，只能透過譯本，後來他自稱讀了幾本書不久，就成為馬克思主義者。其實，只有不明白當時中國出版界和文化界情況的人，才會相信毛澤東的話，史諾即其中之一。《共產黨宣言》非當時的毛澤東所能懂，就是把它由日文重譯為中文的陳望道也不了解，要等到三十年代出版梁贊諾夫(D. Rjazanov)的《共產黨宣言解說》後，大多數的左傾知識分子才大部分明白。㊳值得一提者，一九二〇年夏天毛澤東返湘活動後，仍然公開鼓吹代議政治，贊成一種資產階級民主的政綱。由此可知，毛澤東在五四時期的思想雖歷經變化，但並未盡除改良主義的影響，馬克思主義在此期間也不是他的唯一信仰。

---

㊲毛澤東，「給周世釗的信」，收入《毛澤東思想研究文選》(三)，見《馬克思主義研究參考資料》，馬克思、恩格斯、列寧、斯大林著作研究會編輯出版部，八一年第七期（總五九期）（一九八一年二月出版），頁二四。

㊳同㉙引書，頁一〇〇七。

# 伍、周恩來與五四運動

一九一七年六月，周恩來從南開中學畢業，同年秋天赴日本求學。抵達東京後，在東亞高等預備學校修日文，準備投考東京高等師範，該校以訓練嚴格和課程充實知名，但他因成績不佳，次年三月落榜。後移居京都，準備入京都大學政治經濟科，又未能如願。稍早他從日本寫信給南開校友陳頌言，表示不贊成過激的學生運動。他從「謹言慎行」、「安分克己」到投身五四運動，時隔不過年餘，可見其心情轉變之速。每個人都是時代的產物，在那危急存亡之秋，國事日非，誰能無感？周恩來溫和的外貌下，隱藏著一顆叛逆的心，加上好友馬駿在五四以後的示威中被捕，因此他對學生運動的態度乃見改變。

一九一九年一月，京都大學經濟系主任河上肇創辦了《社會問題研究》雜誌，介紹馬克思主義和其他社會主義思潮，另有《改造》、《解放》等，介紹了無政府主義、基爾特社會主義和新村主義，周恩來是以上刊物的讀者。此外，河上肇的《貧乏物語》、幸德秋水的《社會主義精髓》等專書也進入其視野，但他此時尚非馬克思主義者，仍和大多數的有志青年一般，以愛國為第一要義。他加入了留學生最大的團體「新中學會」，該會以聯絡感情，砥礪品行，闡明學術，運用科學方法，刷新中國為宗旨，與馬克思主義無涉。一九一九年四月，他因學業與生活等問題不得解決，乃取道東京返國，次月五四運動爆發，他投身在這股政治抗議的浪潮中，激起了部分的水花。

五四運動震動全國，天津以地近北京，各校代表迅於五月六日集會，次日組成天津學生臨時聯合會，十四日正式成立學聯，二十五日天津女界愛國同志會問世，六月十八日，一百七十多個單位共組的天津各界聯合會宣告成立，展現學生運動擴大為國民運動的效果。七月二十一日，《天津學生聯合會報》創刊，報頭下用英文印著「民主：建立一個民有、民治、民享的政府——我們的座右銘」，此語出自林肯的蓋茨堡演說詞，顯示了彼輩青年欲「以美為師」。報紙兩旁且印有醒目的口號：「本革新和革心的精神為主旨，本民主主義發表一切主張」。這兩句話是主編周恩來擬的，重複出現在他署名的發刊旨趣中，不見馬克思主義的影子。

周恩來一如其他五四人物，認為對付北洋政府不能單用請願、上書、發宣言的辦法，更重要的是採取罷工、罷市、罷課、拒絕納稅等舉措，造成聲勢浩大的群眾運動。他還號召成立各種組織、工會和同業公會，進行廣泛的宣傳工作，用全國的實力攻擊北洋政府。論及勞工問題，他主張工人與資本家協調分配利益，透過義務教育，改善工人的生活，並用南開式的通才教育，培養青年活力，掃除軍閥亂政、經濟落後、民眾無知等積弊。他在批判資本主義時，每以上海等地的日本和英國紡織廠為目標，可見民族意識高於階級意識；對於中國革新，須經俄國十月革命那樣的大流血一事，則深表懷疑。㊴總之，周恩來此時的思想非常駁雜，在社會與工業的改良方面，傾向俾斯麥的國家社會主義，又接近托爾斯泰的泛勞動主義和人道主義，其為溫和派的社會主義則一。

一九一九年八月間，山東軍閥馬良鎮壓群眾運動，槍殺三名回族人士，並逮捕遊行的學生三百

---

㊴ 嚴靜文，《周恩來評傳》（初版，香港：波文書局，一九七四年），頁二九。

餘人，天津代表乃赴北京請願，有人因此亦被逮捕。同月下旬，周恩來等人發動數千名學生，包圍兩地的警察廳，迫使北洋政府釋放了所有群眾。十月十日，他又參與遊行示威，稍後起草天津學生「短期停課宣言書」，促使社會覺悟，並示「救國不忘求學，求學不忘救國」的決心。文中強調國慶是一國的大典，全體國民理應慶祝，各界人士赤手空拳，「秉著愛中華民國的心，去慶祝國慶，我們還有什麼懼怕麼？」❹⓪周恩來此時愛護中華民國，後來背叛中華民國，自有圓說的理由。

一九一九年九月十六日，周恩來、鄧穎超、郭隆真、劉清揚、馬駿等二十人在天津學聯會議室聚首，決定成立覺悟社，後經社員集體討論，而由周恩來執筆寫成「覺悟的宣言」，發表在一九二〇年一月二十日出版的社刊《覺悟》上，這份短命的學生刊物，創刊號即為終刊號，影響力的大小可以想見。宣言透露了覺悟社的目標，是本著反省、實行、持久、奮鬥、活潑、愉快、犧牲、創造、批評、互助的精神，適應「人」的生活，做學生方面的思想改造事業。抽象的話是：要本革心、革新的精神，求大家的自覺、自決。發揚宗旨的方法則有四種：（一）取共同研究的態度，發表一切主張；（二）對社會一切應用生活，取評論的態度；（三）介紹社外人士的言論——著作和演講；（四）灌輸世界新思潮。宣言最後強調，他們全是學生，不敢說已經覺悟，但齊心努力向覺悟的道上走，也盼望社會上所有的人士同行，一步步的覺悟，一步步的進化；覺悟無邊無止，進化亦無窮

❹⓪周恩來，「天津中等以上男女學校學生短期停課宣言書」（一九一九年十月十三日），收入懷恩選編，《周總理青少年時代詩文書信集》上卷（初版，成都：四川人民出版社，一九七九年），頁一六九。

無盡。❹❶

世人不難由此明瞭，周恩來當時尚非一名革命者。革命(revolution)有別於進化(evolution)，前者為「再進化」，即以人力加速進行，可謂急進；後者則為緩進，而為周恩來所念念不忘。宣言裡的十種精神，也說明他當時傾向理想的改革，與馬克思主義無關，其中肯定互助的重要，更與馬克思主義相悖。中共後來承認，覺悟社員「畢竟還沒有找著真正能保證實現自己的理想的科學理論，仍舊不能徹底擺脫資產階級民主主義和唯心主義的影響」。❹❷後來成為周恩來妻子的鄧穎超，回憶起五四運動時也表示，覺悟社員中她的年紀最小，不常參加正規的討論，但常聽到比較年長的社員們談論著社會主義、無政府主義、基爾特社會主義等，大家都還沒有一定的信仰，也不懂得共產主義，只聽說最理想的社會是各盡所能，各取所需，只知道有列寧，以及蘇聯十月革命成功了，但那時還得不到這類問題的讀物。❹❸換言之，那時國人對列寧和十月革命不知其詳，深入研究的專書幾等於零，少數原著如《共產黨宣言》的譯本又錯誤層出，因此確如鄧穎超所說，大家都不懂共產主義，只有滿腔愛國的熱情。

❹❶周恩來，「《覺悟》的宣言」（一九一九年十二月二十九日），收入❹⓿引書，頁一八〇。

❹❷中共中央馬克思、恩格斯、列寧、斯大林著作編譯局研究室編，《五四時期期刊介紹》第一集上冊（北京：生活・讀書・新知三聯書店出版，一九七九年八月北京第一次印刷），頁三三四。

❹❸鄧穎超，「五四運動的回憶」，收入《周恩來的一生資料選輯》（五版，香港：新中圖書公司，一九七八年），頁二六。

# 六、結　論

五四運動前，陳獨秀除以愛國和民主主義見長外，也以政治和文學的革命者名世。在他駁雜的思路中，進化論同時占有重要的一席，強調新陳代謝，「陳腐朽敗者無時不在天然淘汰之途，與新鮮活潑者以空間之位置及時間之生命」，㊹人身如此，社會亦然。萬物的生存進化與否，悉以抵抗力之有無強弱為準，優勝劣敗，理無可逃。中國衰亡的現象不止一端，而抵抗力的薄弱，為最深最大的病根。「老尚雌退，儒崇禮讓，佛說空無。義俠偉人，稱以大盜；貞直之士，謂為粗橫。充塞吾民精神界者，無一強梁敢進之思。惟抵抗之力，從根斷矣。」他的反傳統思想，或由此而萌；效美法之說，亦由此而起。「美利堅力戰八年而獨立，法蘭西流血數十載而成共和，此皆吾民之師資。幸福事功，莫由倖致。世界一戰場，人生一惡鬥。」㊺此種強者哲學，為中國有識之士的共同呼聲，從梁啟超的「新民說」，到羅家倫的「新人生觀」，莫不如此，其所號召者不以無產階級為限，自不待言。

正因陳獨秀此時心中無馬克思主義，中共的史家有不能已於言者。中共奉恩格斯之說，認為「把歷史看做一系列的階級鬥爭，比起把歷史單單歸結為生存鬥爭的彼此之間極少差異的各個階段，就

---

㊹ 陳獨秀，「敬告青年」（一九一五年九月十五日），收入❺引書，頁一。
㊺ 陳獨秀，「抵抗力」（一九一五年十一月十五日），收入❺引書，頁三四。

更有內容和更深刻得多了」。㊻由於陳獨秀用進化論看問題，未用階級觀看問題，他的思想運動就頗遭非議：「由於不能正確地理解『自強』和反帝國主義鬥爭的辯證關係，由於不能正確地理解提高人民覺悟和反封建專制鬥爭的辯證關係，因此陳獨秀在創辦《新青年》雜誌時，把自己的事業孤立放在文化思想方面，而和當時的政治鬥爭脫節。」㊼此種論斷證實，馬克思主義未涉足中國的啟蒙運動，陳獨秀與《新青年》在五四運動前，也未以俄為師。

五四運動爆發後，陳獨秀一本愛國與民主主義的初衷，投身於救亡圖存的時代洪流中。當真相大白，他眼見西方民主國家的不義，國際公理的不伸，悲憤之餘，逐漸不能盡信民主制度的本質與理想。此時第三國際處心積慮，移植馬克思主義到中國來，他以新文化運動的領袖地位，吸引了莫斯科的目光，遂舉為中共建黨初期的大家長，展開其驚濤駭浪的政治生活，以迄三十年代初期的完全敗陣。陳獨秀是感時憂國者所託非人的悲劇典型，這已是五四運動結束後的事了，世人或可為陳獨秀惋惜，卻不必對五四運動懷疑。

李大釗被視為中國傳播馬克思主義的第一人，初與其他啟蒙者一樣，宣傳人道主義，主張思想自由與學術民主，熱愛自信的言論，尤喜自由的言論，號召青年衝決過去歷史的網羅，破壞陳腐學說的囹圄。當時他所憧憬的青春中國，是法蘭西式的共和國。中共現在指出，十月革命後，李大釗

---

㊻恩格斯，「自然辯證法」，收入中共中央馬克思、恩格斯、列寧、斯大林著作編譯局編，《馬克思恩格斯選集》第四卷（二版一刷，北京：人民出版社出版，一九九五年），頁三七三。

㊼同⑭引書，頁一二八。

迅速變成一個馬克思主義者。㊽其實他仍然認為，思想領域的爭論只能透過說理來解決，不能依靠暴力強分勝負。「禁止思想自由的，斷斷沒有一點的效果。」㊾更重要的是，他雖然批判繼承了馬克思的經濟學說，但始終強調互助論，對馬克思的社會主義倫理觀——要待完成了階級鬥爭後，人類真正理想王國才會來臨的理論，深表懷疑，認為應予修正。㊿此外，他表示宣傳此等主義出自個人的責任問題，相信也可以隨時修改。[51]這種口吻，實非馬克思主義的正統。所以我們寧視其為人道主義的書生，而非馬克思主義的真正捍衛者。五四運動前，李大釗在北大圖書館長任內冷落了毛澤東。一九一八年秋，毛澤東從湖南抵達北京，經北大教授楊昌濟的介紹，十月間來到圖書館工作，在閱覽室整理報紙，並登記入館者的姓名，職位稍高於清潔工，[52]只能算是校役，北大職員錄中也不見載，月薪不過八元，恰為館長的十五分之一，實在難以餬口，他深感前途無望，因此短短四個月就求去返鄉。中共後調李大釗賞識並提攜了毛澤東，與事實頗有距離。此外，他在介紹俄國革命時又突出了托洛斯基，恐亦不符後來的政治尺度。

---

㊽ 李義彬，「他高舉著火炬走來——李大釗烈士在五四運動中」，《人民日報》，一九七九年五月五日。

㊾ 李大釗，「危險思想與言論自由」（一九一九年六月一日），收入㉔引書，頁九。

㊿ Maurice Meisner, *Li Ta-chao and the Origins of Chinese Marxism* (Harvard University Press, 1967), pp. 93–94.

[51] 洪長泰，「李大釗和他在五四前後所走的路」，收入洪著，《現代史考信錄》附錄（香港：東風出版社，一九七四年），頁一一八。

[52] Stephanie Kirkes, "Mao as Library User and Worker", *American Libraries*, Nov. 1976, p.630.

五四運動後，李大釗對馬克思主義固有所宣揚，也有所批評。國民黨容共後，他擁護了青天白日旗：「民眾要團結起來，站在青天白日旗幟之下，打破帝國主義及反革命的黑暗勢力！黑暗的勢力，遮不住青天白日的光輝。」㊸凡此種種，有其時代的背景，自可因他的早走而不予深究，甚至一筆勾銷，以壯中共黨史的聲勢。

五四運動爆發後，毛澤東在《湘江評論》上發表「民眾的大聯合」，該文後被中共譽為「當時中國思想界最可貴的收穫，也是後來構成毛澤東思想大廈的最初基石之一」，㊹抬舉甚高。然而該文確在稱頌克魯泡特金的互助論，表現出毛澤東對無政府主義的延續肯定。中共現在無法抹煞，只好同時承認：「毛澤東同志當時究竟是處在由急進的革命民主主義向馬克思主義者轉變的過程中，還沒有完全擺脫資產階級民主主義的立場，沒有徹底轉變世界觀。這主要表現在他對馬克思主義的暴力革命論和無產階級專政論，還缺乏應有的認識。」㊺馬克思主義的核心正是階級鬥爭論，後者與暴力革命論實不可分，中共後以含有肯定互助論的文字，做為毛澤東思想的基礎之一，無異再度說明青年時期毛澤東思想的混雜，以及他不是一個合格的馬克思主義者。

毛澤東生平第一次撰寫介紹馬克思的文字，即為這篇「民眾的大聯合」，已如前述，是在明揭

---

㊸ 李大釗，「青天白日旗幟之下」（一九二六年一月一日），收入㉔引書，頁八三九。

㊹ 張勝祖、宋斐夫，「毛澤東同志青年時期思想發展初探」，收入《紀念五四運動六十周年學術討論會論文選》（三）（初版，北京：中國社會科學出版社，一九八〇年），頁一六。

㊺ 同㊹引書，頁一七。

馬克思主義不如無政府主義。中共後來不得不表示，該文對十月革命和五四運動的看法，也「缺乏全面的正確的認識」。毛澤東認為俄羅斯的貔貅十萬，忽然將鷲旗易了紅旗，原因是沙皇軍隊本由平民的兒子、哥哥和丈夫所組成，當他們把機槍對著平民時，後者便大聲呼喚，「這一片喚聲，早使他們的槍彈，化成軟泥，不覺得攜手同歸，反一齊化成了抵抗貴族和資本家的健將」。這種觀點，正是毛澤東在《湘江評論》創刊宣言中，主張的忠告運動與呼聲革命，他對五四運動的看法亦然：「我們已經得了實驗，陸榮廷的子彈，永世打不到曹汝霖等一班奸人，我們起而一呼，奸人就要站起身來發抖，就要捨命的飛跑。我們要知道別國的同胞們，是通常用這種方法，求到他們的利益。我們應該起而仿效，我們應該進行我們的大聯合！」❺❻這樣強調以和平的手段代替動武，當然與馬克思主義背道而馳，中共現在只好說：「他暫時還不懂得暴力手段對一場真正的社會改革是不可避免的道理。」❺❼

一九二〇年六月，鎮壓反日愛國運動的張敬堯被譚延闓推倒，象徵湖南境內五四政治活動的告一段落。毛澤東乃於七月上旬經上海返湘，靠易培基之助，擔任第一師範附小的主事。此時新民學會有一個湖南獨立的綱領，旨在真正的自治，要求男女平權和代議政府，贊成一種資產階級民主的政綱，他們在自己辦的《新湖南報》上公開鼓吹這種改革。❺❽此為毛澤東所自述，至少說明其時他

❺❻同❸❷引書，頁一〇。
❺❼同❺❹引書，頁一七。
❺❽同❷❽引書，頁二九。

仍未放棄民主主義。由上可知，毛澤東對五四運動的政治參與，主要扮演了一種響應者的角色，其聲音與力量多集中在湖南一省，影響力就全中國而言自屬有限，內容也多與馬克思主義無關。

周恩來生於十九世紀末葉，長於二十世紀初期，其時中國積弱已久，外侮頻仍，有志青年無不感時憂國，他也不例外，十五歲小學畢業時，與同學的臨別贈言為「願相會中華騰飛世界時」，此種心情放諸國內而皆準，甚至郁達夫筆下的留學生，沉淪之際仍不忘呼求祖國的強大，則其普遍性可以想見。本著挽救祖國的純潔動機，周恩來參加了五四運動，扮演了一個地區性的角色。

沒有任何證據顯示，周恩來把馬克思主義摻雜在這項愛國運動裡。雖然他棲身日本時接觸過社會主義的書刊，後來坐牢時也向難友們介紹過馬克思學說，但是許多勤於吸收新知的中國有志之士，如梁啟超、朱執信以至戴季陶等，都有類似的閱讀經驗和轉介之舉，不能遽言他們就是馬克思主義者。周恩來自幼至五四時期，主要是一名愛國主義兼民主主義者，其理念完全反映了五四運動的內容——民族主義兼民權主義。北京學界於一九一九年五月四日當天，發表由羅家倫執筆的遊行宣言，明白揭櫫的「外爭主權，內除國賊」二語，分別是民族主義和民權主義的具現，也已為周恩來所拳拳服膺，身體力行。

周恩來旅居法國後，受到歐洲左傾潮流的影響，加上張申府、蔡和森等人的鼓勵，逐漸放棄民族主義，轉為信仰「全世界無產者聯合起來」的國際主義。他後來坦承自己認識共產主義甚晚，而且是「先入黨，後信仰」，59 益證五四時期其思想與馬克思主義無涉。周恩來一如毛澤東，告別五四後，造成思想的空間，遂為馬克思主義所填占，此亦為不容否認的史實，但中共現謂，以民族主義為主要內容的五四運動，使得周恩來走上了反對民族主義的共產主義道路，這樣粗疏的邏輯，能否達到既肯定五四運動，又抹紅五四運動的效果呢？

59 周恩來，「西歐的『赤』況」，原載《覺郵》，第二期，收入《周恩來同志旅歐文集》，引自陳三井，「周恩來旅歐時期的政治活動（一九二一～一九二四）」，《中央研究院近代史研究所集刊》，第十四期（臺北：中央研究院近代史研究所，一九八五年），頁二八八。

# 中共與抗戰

## 一、前言

一九三七年七月七日，日軍在北平近郊蘆溝橋一帶演習，藉故突襲宛平縣，國軍三十七師二一九團的吉星文團長，率眾還擊於橋頭，揭開了八年抗戰的序幕。一九四五年八月十日，日本政府請降。十五日，瑞士政府通知盟國，日本天皇已頒勅令，宣布無條件投降。九月九日，何應欽將軍代表蔣介石主席，在南京主持中國戰區日本投降簽字典禮，抗戰至此正式勝利。

一九九五年七月起，臺海兩岸分別紀念了抗戰。七月七日，代表中共中央的《人民日報》社論表示，當年日寇的主要對手，不是國民黨政府，而是一個用馬克思主義武裝起來的，以國家和民族解放為己任的中國共產黨；後者抗擊了百分之六十四的侵華日軍，以及百分之九十五的偽軍，因此成為抗戰的中流砥柱。❶

中流砥柱四個字，遂成為大陸媒體敘述此事的共同用語，當局引以為榮，自然不吝內外傳播。

❶「歷史的昭示——紀念『七七』事變五十八周年」，《人民日報》（海外版），一九九五年七月七日。

今為立信顯正，分就中共的「抗日民族統一戰線」、中共的抗戰觀及其抗戰真貌，加以還原解析，以明歷史的實況。

## 二、中共的「抗日民族統一戰線」

一九三一年九一八事變後，中國人民的反日情緒高漲，蘇聯鑒於東北接壤其境，日本、德國、義大利三個獨裁政權又逐漸形成反蘇軸心，於是一面與此三國力謀妥協，一面以第三國際的名義，號召成立統一戰線，命令各國共產黨群起擁護蘇聯，並反對帝國主義。

第三國際提出統戰的口號，與日本有關者，始於一九三二年十月的國際執委會第十二次全會，中共方面則始於一九三四年四月，「為日本帝國主義強占華北、併吞中國告全國民眾書」。後者內容脫胎於前者，顯係遵奉國際的指示而執筆，或根本是國際以其名義代為發表的。

一九三五年七至八月，第三國際舉行第七次大會，為配合蘇聯的外交政策，乃要求各國共產黨與社會民主黨聯合，並與群眾領袖及非社會主義者聯合，甚至連右翼黨派，只要反對納粹德國或日本，都可成為聯合的對象。該次大會由斯大林居於導演地位，季米特洛夫等擔任主角，中共出席者有陳紹禹、康生等。一九三四年十月，中共開始西逃，路長人困，有被殲滅的可能，蘇聯不可能寄望其推翻國民政府，更欲扶其將傾，斯大林便提出統一戰線，指示中共，應當竭力擴大民族解放戰線，吸收決意抵抗日本及其他帝國主義侵略的民族勢力。

七次大會的決議案，與中國有關者另為：「在中國，必須擴大蘇維埃運動與鞏固紅軍的戰鬥力，與在全中國開展的人民反帝運動連結起來。這個運動應該在下列口號之下進行：武裝人民進行民族革命鬥爭，反對帝國主義強盜，首先反對日本帝國主義及其走狗，蘇維埃應當成為中國人民解放鬥爭的團結的中心。」❷此段文字即中共「八一宣言」的指導原則，其堪注意者，不再公然叫罵國民黨及其領袖。

陳紹禹在「七大」會議中，代表中共提出「論反帝統一戰線問題」的報告，認為沒有其他任何辦法能動員全體中國人民，與日本帝國主義展開神聖的民族革命鬥爭。他批評中共應用反日統一戰線策略曾犯的錯誤，然後代表個人也代表中央，明揭具體的步驟：向全國人民，向一切政黨、派別、軍隊、群眾團體、政治家和名流提議，與中共合組統一的國防政府和抗日聯軍。

遵照大會決議，陳紹禹以中共中央和蘇維埃政府的名義，在莫斯科發出著名的「八一宣言」，要求與各黨派、團體、名流學者、政治家以及地方軍政機關，談判成立國防政府，組織抗日聯軍總司令部。「蘇維埃政府和共產黨再一次鄭重宣告：只要國民黨軍隊停止進攻蘇區行動，只要任何部隊實行對日抗戰，不管過去和現在他們與紅軍任何舊仇宿怨，不管他們與紅軍之間在對內問題上有任何分歧，紅軍不僅立刻對之停止敵對行動，而且願與之親密攜手，共同救國。」❸這些「親密」

---

❷「法西斯主義的進攻和共產國際為造成工人階級反對法西斯主義的統一而鬥爭的任務」，王健民，《中國共產黨史稿》增訂本第三編（香港：中文圖書供應社，一九七四～一九七五年），頁三八。

❸「中共為抗日救國告全體同胞書」（「八一宣言」）（一九三五年八月一日），同❷引書，頁四四。

的保證是不可能兌現的，「七大」通過的「帝國主義準備新的世界大戰與共產國際底任務」決議中，分明表示中共在反帝的同時，還要反國民黨。

一九三七年春，中共印行「黨的策略路線」，即坦承停止內戰，聯合各黨派一致抗日，是策略口號。這個理論本遵列寧主義而來，一九二四年四月，斯大林撰寫「論列寧主義基礎」，認為當敵人力量強大時，當退卻必不可免時，當受敵人挑撥而迎戰顯然於己不利時，當在對比下只有退卻，才能使共產黨免受打擊而保存其後備力量時，必須隨機應變，實行正確的退卻。這種戰略的目標，就是要贏得時間，瓦解敵人，養精蓄銳，以便反攻。他還提到下面兩段話：

> 列寧說：要進行這樣的戰爭而同時卻預先就拒絕採用見風轉舵的手段，拒絕利用敵人，與各種可能的（哪怕就是暫時的、不穩固的、動搖的、有條件的）同盟者通融或妥協——這豈不是可笑到極點麼？
>
> 革命者採用改良，是為了利用它做為掛鈎來把公開工作和秘密工作聯結起來，是為了利用它做為掩蔽物來加強秘密工作，以便用革命精神準備群眾去推翻資產階級。❹

斯大林在「七大」時，更假口季米特洛夫，特別指示中共，要依靠民眾的意志，有系統地與國

❹斯大林，「論列寧主義基礎」，收入《共產黨原始資料選輯》第三集（臺北：中華民國國際關係研究所、國立政治大學東亞研究所，一九六九年），頁一二二七。

民黨建立民族戰線，「共產黨要動員全國的輿論去做」。中共也自知在革命情緒低落及力量縮小時，只有抗日才能保存實力，因為抗日可以得到國人同情，可以分散與緩和敵人的攻勢，所以秉承以上的訓示，推行抗日民族統一戰線。

前此，一九三四年五月三日，中共及其外圍分子即以宋慶齡為首，在上海發表「中國民族武裝自衛委員會為對日作戰宣言」，展開統戰活動。「八一宣言」後，更擴大宣傳，歷久不衰。此等文字發自中共黨團政軍各方面，不下數十萬言。一九三六年十二月，西安事變和平解決後，國共之間已呈休戰狀態。次年二月，中共中央致電國民黨五屆三中全會，要求和平統一，團結禦侮，同時提出四項保證：（一）停止推翻國民政府之方針。（二）蘇維埃政權改稱為中華民國特區政府，紅軍改稱為國民革命軍，受南京國民政府及軍事委員會之指導。（三）在特區政府內，實施普選的民主制度。（四）停止沒收地主土地，實行抗日民族統一戰線的共同綱領。❺

國民黨對中共的來電，通過「根絕赤禍案」做為答覆，原則上接受其要求，但指出必須切實執行下列四條件：（一）徹底取消紅軍。（二）徹底取消蘇維埃政府。（三）根本停止赤化宣傳。（四）根本停止階級鬥爭。此後，雙方進入磋商階段。不久，七七事變爆發，商談乃急轉直下，迅速獲致協議。

一九三七年九月二十二日，中共發表「共赴國難宣言」，提出四項諾言：（一）三民主義為中

❺「中國共產黨中央給中國國民黨三中全會電」，收入《中共統戰文件選編》（臺北：中國問題研究出版社，一九八三年），頁八三。

國今日所必須，中共願為其徹底實現而奮鬥。(二) 取消一切推翻政府的暴動政策及赤化運動，停止以暴力沒收地主土地的政策。(三) 取消蘇維埃政府，實行民權政治，以期全國政權的統一。(四) 取消紅軍名義及番號，改編為國民革命軍，受政府之統轄，並待命出動，擔任抗日前線之職責。❻次日，蔣委員長發表談話，接受輸誠，於是代表國共再度合作的抗日民族統一戰線，正式告成。中共不但免於被殲滅的命運，而且納入政府的編制，領餉受援，終於坐大至不可收拾。

## 三、中共的抗戰觀及其抗戰真貌

抗戰軍興之初，中共中央即於一九三七年八月五日指示其部隊，在作戰任務上只可「出擊側面的打仗，協助友軍作戰。只宜作側面作戰，不宜作正面作戰」。❼八月二十二日至二十五日的洛川會議上，又通過了「獨立自主的游擊方針」。九月，國民政府宣布收編共軍後不久，毛澤東向其部隊講話：「中日戰爭為本黨發展之絕好機會，我們的決策是七分發展，二分應付，一分抗日。為使各同志今後工作便利，即使失卻聯絡時，亦有不變之工作目標從事進行起見，特將此項決策告知各

---

❻「共赴國難宣言」，中共稱之「中共中央為公布國共合作宣言」，同❺引書，頁九八。
❼引自喬金鷗，「中共竄改抗戰史實真相」，《青年日報》(臺北)，一九八五年七月三十一日。

同志。」❽此說雖未形諸中共的正式文件，但印證實際，所言的確非虛。

一九四五年八月十三日，抗戰勝利之際，毛澤東表示，中共在江西時期，中央蘇區聯合起來，有過二十一個縣城，但還沒有中等城市。「二十一個小城市聯在一起，最多的時候有過二百五十萬人口。」到了抗戰後期，則擴大至「一萬萬人民、一百萬軍隊、二百多萬民兵」。❾若無「七分發展」的政策，這些數字是不易達到的。

一九六四年七月十日，毛澤東接見日本社會黨的佐佐木更三、黑田壽南、細迫兼光等人時，又有如下的表露：「我們為什麼要感謝日本皇軍呢？就是日本皇軍來了，我們和日本皇軍打，才又和蔣介石合作。二萬五千軍隊，打了八年，我們又發展到一百二十萬軍隊，有一億人口的根據地。你們說要不要感謝呀？」❿此說再度證明，中共是抗戰的受益者，這正是它有別於中國人民之處。

一九三七年七月十七日，蔣委員長在廬山昭告國人：「如果戰端一開，就是地無分南北，年無

❽「第八路軍中共支部書記李法卿揭述中共在抗戰期中整個陰謀」，收入《摩擦問題的真相》（江西：尖兵半月刊社，一九四〇年），頁一。

❾毛澤東，「抗日戰爭勝利後的時局和我們的方針」（一九四五年八月十三日），收入《毛澤東選集》第四卷（北京：人民出版社，一九九〇年），頁一〇七七。

❿毛澤東，「接見日本社會黨人士佐佐木更三、黑田壽南、細迫兼光等的談話」（一九六四年七月十日），收入《毛澤東思想萬歲》第一輯（臺北：中華民國國際關係研究所複製，一九七四年），頁五四〇。

分老幼，無論何人，皆有守土抗戰之責任，皆應抱定犧牲一切之決心。」⓫這篇談話，確定了長期抗戰的方針，以中國的廣土眾民，也註定了日本「三月亡華」說的破滅。

一九三七年八月上旬，政府召開了國防會議，展開了軍事部署，成立了軍事大本營，向部隊下達了動員令，把全國劃分為九個戰區。八、九月間，政府又公布了「戰時軍律」、「懲治漢奸條例」，修正了「危害民國緊急治罪法」等，凡此皆有利於抗戰。稍早，政府已釋放上海救國會的「七君子」，並不再過問民眾的抗日活動。從此，中國軍民在蔣委員長和國民黨的領導下，抗戰八年一個月，終底於成。

戰後的日本，固然是慘敗，中國則為慘勝。中共現在統計，在這場戰爭中，中國軍民傷亡三千五百萬人，財產損失和戰爭消耗達到五千六百多億美元。⓬前此，中共自稱八路軍、新四軍、華南游擊隊的傷亡總數為四十四萬六千七百三十六人，其中包括兩名將領，一為八路軍副參謀長，一為師長。相形之下，國軍單就陸軍而言，傷亡就達三百二十一萬一千四百十九人，其中包括集團軍總司令、軍長、師長等將領兩百零六人。準此以觀，中共抗擊了百分之六十四的侵華日軍之說，很難禁得起常識的考驗。

⓫「蔣中正委員長對於盧溝橋事件之嚴正表示」（民國二十六年七月十七日），收入許倬雲、丘宏達主編，任孝琦助編，《抗戰勝利的代價——抗戰勝利四十周年學術論文集》（臺北：聯合報社，一九八六年），頁一四九。

⓬「勿忘國恥，再興國運——首都各界人士集會盧溝橋，隆重紀念抗戰勝利五十周年」，《人民日報》（海外版），一九九五年七月八日。

抗戰八年，國軍對日軍展開了二十二次大會戰，一千一百十七次大戰鬥，三萬八千九百三十一次小戰鬥。以淞滬會戰為例，蔣委員長先後調集了七十三個師，約七十萬的兵力，占當時國軍陸軍的三分之一，且有中央嫡系部隊在內，結果殲滅日軍約五萬人。⓭再以臺兒莊戰役和武漢保衛戰為例，前者最為振奮人心，後者則規模最大，國軍出動百萬大軍，激戰五個多月，殲滅日軍十餘萬人。凡此種種，皆與共軍無關，我方流出的血，全部來自國軍。

一九四五年三月，抗戰尚未結束，何應欽將軍在國民黨第六次全國代表大會上報告，國軍已對日軍展開了二十次大會戰，九百零七次大戰鬥，三萬六千四百多次小戰鬥和游擊戰，斃傷日軍二百二十八萬二千多人，國軍傷亡則約三百一十萬人。中共因此公開承認，國軍和正面戰場在全國抗戰中的作用與地位，是不能忽視的。⓮值得世人留意的是，大陸的「中國人民革命軍事博物館」中，設有「抗日戰爭館」，展覽大廳裡醒目的數字表明，在八年抗戰中，八路軍、新四軍和華南游擊隊，共消滅日軍五十二萬多人。⓯此說如果屬實，則徒然證明，「中共抗擊了百分之六十四的侵華日軍」，為其宣傳上的一大敗筆。

⓭「抗戰史研究中若干問題的探討」，原載《社會科學》（上海），一九八五年第九期，收入《中共紀念抗日戰爭勝利四十周年專輯》（上冊）（臺北：國防部總政治作戰部編印，一九八六年），頁三〇二。

⓮何理，「抗日戰爭時期中國正面戰場初探」，原載《南開學報》，一九八五年第四期，同⓭引書，頁一〇四。

⓯馬鶴青、歐慶林、翟啟運，「反法西斯東方戰場的光輝篇章——『抗日戰爭館』巡禮」，《人民日報》（海外版），一九八五年八月十五日。

中共現在強調，八路軍、新四軍和華南游擊隊，對敵作戰十一萬五千餘次。其實，任何一次戰史，都應記載作戰時間、地點、雙方兵力、番號、作戰經過、戰果或損失等。經查中共資料，其中勉強符合上述規定者，只有四十四次，且多誇大戰果。若從國軍及日軍的戰史資料考察，則只有平型關之役與所謂百團大戰是有據的，餘皆流於空泛，不足為憑。⑯

從一九三七年八月十三日起，中國對日本展開了如下的大會戰：(一)淞滬會戰，(二)太原會戰，(三)徐州會戰，(四)武漢會戰，(五)南京會戰，(六)隨棗會戰，(七)第一次長沙會戰，(八)桂南會戰，(九)棗宜會戰，(一〇)豫南會戰，(一一)上高會戰，(一二)晉南會戰，(一三)第二次長沙會戰，(一四)第三次長沙會戰，(一五)浙贛會戰，(一六)鄂西會戰，(一七)常德會戰，(一八)豫中會戰，(一九)長衡會戰，(二〇)桂柳會戰，(二一)豫西鄂北會戰，(二二)湘西會戰。以上會戰全由國軍投入，共軍並未參與；後者涉及的平型關等戰役，真相也待說明。

中共對平型關戰役的記載，前後不一。後來的說法如下：「八路軍入晉後，於一九三七年九月二十五日開赴平型關，進行了平型關戰役。平型關戰鬥是我軍應國民黨的要求，在戰役戰鬥上對國民黨軍隊作戰的直接配合，給日寇板垣師團以重大打擊，消滅日軍一千多人，擊毀敵汽車八十餘輛、九二式步兵砲一門、步槍三百餘支，機槍二十餘挺，山砲彈三千餘發和大批軍用品。」⑰此種規模

---

⑯同⑦。

⑰蕭學信，「略述抗戰初期的全民抗戰」，原載《廈門大學學報》(哲學社會科學版)，一九八五年第四期，收入⑬引書，頁一九五。

的戰鬥，國軍經歷者何止千百，但一涉共軍，即屬難能可貴，恆為中共所樂道。

該役發生之際，中共自報的戰果則為：「殲滅敵人三千多，毀汽車一百多輛，繳到九三式野砲一門，輕重機槍二十多挺，步槍一千多支，擲彈筒二十多個，戰馬五十三匹，日幣三十萬元，其餘軍用食品無數。單是日本大衣，就夠我師每人一件。八路軍傷亡近千人。」⓲前後對照，戰果頗有出入，尤以殲敵人數差距過多，後來的修改，證明了當年的虛報。一九五八年，彭德懷就承認，共軍此役只消滅了日軍一個團的部隊。⓳

平型關之役，日方為板垣征四郎的第五師團，中方為楊愛源的第六集團軍，以及傅作義的第七集團軍，合計十一個師，林彪的一一五師僅為其中之一。後者並未擔任主陣地的作戰，而是受楊愛源集團軍總司令之命，派遣在平型關外蔡家峪、小寨村一帶，擔任夾溝隘路的伏擊，結果殲滅了日軍第二十一旅團的補給隊，擄獲了許多軍需品，包括食品和大衣。

平型關主陣地的作戰，是由地區作戰司令官楊愛源、增援部隊司令官傅作義負責，前者在東山底總部任總指揮，後者在團城口陣地任敵前指揮，加以第十七軍高桂滋軍長兼第八十四師師長，奮勇與日軍開戰，以及第七十一師師長郭宗汾，指揮該師和新編第二師，在敵前擔任機動打擊作戰，

⓲甘棠，「評析中共『紀念抗日戰爭勝利四十周年』」，原載《中國大陸》月刊（臺北），一九八五年第八期，收入《抗戰史實——駁中共假抗日真統戰》（臺北：國防部總政治作戰部編印，一九八六年），頁一三四。

⓳王嗣佑，「我們可以原諒，但是不能忘記——許倬雲博士為抗戰討回歷史公道」，《中央日報》（臺北），一九八五年七月三日。

故能克敵奏效。❷⓪後來，平型關的戰果卻為共軍所獨攬，八路軍軍歌中，更有「首戰平型關，威名天下揚」的自得，造成歷史的遺憾。

所謂百團大戰，發生於一九四〇年八月二十日，中共自稱作戰的動機，是為了保衛大西北後方，鞏固華北抗日根據地，破壞敵人新的進攻計畫，向整個華北交通線上的敵軍，大規模的進攻。其所使用的兵力，「計有一二〇師賀龍部主力、一二九師劉伯承部主力、晉冀察軍區聶榮臻所屬各部主力，以及決死隊參加作戰，共有一〇五個團」。至於戰果，「六天內共進行戰鬥一〇二次，克復大小據點四十六個，計殲敵六千以上，俘日軍一二九名，繳獲長短槍二千餘支，輕重機槍一百餘挺，山砲迎擊砲共十二門，有線重機無線重機共二十架，擲彈筒六十八個，炸燬大橋五十餘座，煤礦井一個，火車頭九個，火車六列，車皮一三五輛，汽車十八輛，解放礦工三千餘名」。❷①

以上的統計，出自中共在重慶辦的《新華日報》，時為一九四〇年九月九日。到了一九八五年八月八日，聶榮臻回憶所謂百團大戰時，戰果擴大如下：「在三個半月的戰鬥過程中，進行大小戰鬥一千八百多次，斃傷日偽軍兩萬五千餘人（其中日軍兩萬餘人，偽軍五千一百餘人），俘日軍二百八十一人，偽軍一萬八千餘人，拔除敵人大小據點兩千九百多個，繳獲各種砲五十三門，步槍、馬槍五千餘支，輕重機槍二百餘挺，還有大量武器彈藥、軍用物資，破壞鐵路九百多里，公路三千

❷⓪梅卿，「中共在抗日戰爭中打了甚麼仗」，原載《中國大陸研究》（臺北），一九八五年第八期，收入❶⑧引書，頁一五九。

❷①甘棠，「中共抗戰時期『百團大戰』的真象」，《青年日報》（臺北），一九八五年八月十三日。

餘里，橋樑、車站、隧道等二百六十餘處，使正太路中斷一個月之久，給了華北敵人以沉重打擊。」㉒事隔四十五年，所謂百團大戰的定義與內容，已距真貌越來越遠。

所謂百團大戰，中共其實只動用二十四個團。㉓即使如此，當時擔任指揮的彭德懷，仍被迫於一九四七年和一九五八年，兩次承認自己犯了錯誤。他在自白書中表示：「不應該因為民族義憤，模糊了階級意識，以致於拿自己的力量暴露於日本的主力，幫助了蔣軍，使得蔣軍承受日本的攻擊力量減輕。」㉔彭德懷違反了「七分發展」的政策，終遭毛澤東整肅，死於非命。

所謂百團大戰的殲敵人數，中共從當時的六千人之說，擴大到兩萬人以上，誠可謂步步高升。日本的戰史則指出，日軍戰死三百九十七人，受傷七十一人，失蹤三十三人。㉕再就中共攻擊的石太線和北部同蒲線來看，所駐日軍不過四千人，彼等並未全部陣亡，則何來兩萬人以上的數字？中共的宣傳無所不用其極，最後自己信以為真，而且篤信不疑，宣傳就變為宗教，成了中共領導人經常吸食的鴉片。一九九五年八月二十五日，江澤民就有如下的講話：

中國共產黨是全民族抗戰的一面旗幟。在中國共產黨和毛澤東同志倡導下形成的抗日民族統一戰

---

㉒新華社記者，「抗戰史上空前規模的進攻戰——聶帥憶百團大戰」，《人民日報》(北京)，一九八五年八月八日。
㉓陳慶，「抗戰時期的國共關係」，收入許倬雲、丘宏達主編，任孝琦助編，⓫引書，頁三三五。
㉔同⓳。
㉕同⓴，頁一六二一。

線，最大限度地動員了全國的軍隊和老百姓，成為全民抗戰最有效的組織形式，是打敗日本侵略者的決定因素。

八年抗戰的歷史證明，用馬克思主義武裝起來的中國共產黨，是領導民族解放和振興的堅強核心，是凝聚全民族力量的傑出組織者和鼓舞者。㉖

江澤民沒有解釋，「一分抗日」的中共，以何種實力動員全國軍民？他也沒有說明，馬克思主義既然反對民族主義，又如何武裝中共，領導民族解放和振興，凝聚全民族力量？江澤民的照本宣科，與毛澤東的抗戰觀一脈相承，再度提醒世人，中共的進步相當遲緩，有待大家還原史實，發而為文，以實事求是的精神，導正中共的史觀。

## 四、結　論

一九六四年七月十日，毛澤東接見日本社會黨的佐佐木更三等人時，一再表示倘無皇軍侵略中國，共產黨就奪取不了政權。所以，「日本軍國主義給中國帶來了很大的利益」。㉗此說完全顯現中

㉖「在紀念抗日戰爭勝利五十周年駐京部隊老戰士座談會上，江澤民同志的講話」（一九九五年八月二十五日），《人民日報》（海外版），一九九五年八月二十六日。

㉗同⑩，頁五三四。

共的立場，無視中國軍民的血淵骨嶽，置民族大義於度外，也顯示中共與中國的重大差距，世人不宜等閒視之。

七七事變時，吉星文團長以二十七歲之齡，堅守蘆溝橋頭和宛平縣城，苦戰二十九晝夜，成為名震中外的英雄。二十一年後，中共砲擊金門，摧毀了這位民族英雄，也使筆者的大學同班同學吉民中女士，自幼即為孤兒。吉將軍未死於日本人之手，卻死於共產黨之手，這頁歷史的悲劇，誰能圓說？又如何化解？現在，中共表示吉星文部隊於蘆溝橋奮起還擊，是在「中國共產黨領導的抗日救亡運動影響下」所為。❷❽此說如能成立，則中國自古至今，無自發的民族主義，中國人的天性與種性，也都蕩然無存了。

近年來，中共屢因現實利益，打擊愛國行動。例如，一九九一年八月，日本首相海部俊樹訪問大陸，當局就勒令取消南京大屠殺受害者的悼念大會。一九九二年十月，日本天皇明仁訪問大陸，當局就下令逮捕抗議和索賠的人民。中共深切體認，抗戰雖已成為歷史，不妨當做籌碼，和國民黨爭勝，必要時則和日本人討價，至於非其主導的紀念活動，就有礙「中日邦交」了。

中國歷史上最壯烈的犧牲，是抗戰；中國軍民最眾多的死傷，是抗戰；中國國民黨最光榮的領導，是抗戰；中國共產黨最巨大的獲利，也是抗戰。抗戰是血痕，也是光環。中共現在說，它是抗戰的領導者，而且是用馬克思主義武裝起來的。這樣的話語，不但傷害了已死與未死的中國軍民，且非馬克思本人所能認同。馬克思主張國際主義，攻擊民族主義，其核心理論則為階級鬥爭。抗戰

❷❽「七七蘆溝橋事變」，《人民日報》（海外版），一九九五年七月七日。

時期，高唱入雲的「義勇軍進行曲」，何嘗有馬克思主義的影子？㉙中共的抗戰觀，扭曲了馬克思主義，塗改了中國現代史，也破壞了兩岸的情誼，可謂得不償失了。

㉙「義勇軍進行曲」由聶耳譜曲，田漢作詞，後來成為中共的「國歌」，全文如下：「起來！不願做奴隸的人們，把我們的血肉，築成我們新的長城，中華民族到了最危險的時候，每個人被迫著發出最後的吼聲。起來！起來！起來！我們萬眾一心，冒著敵人的砲火前進！冒著敵人的砲火前進！前進！前進！進！」

# 毛澤東與文革

## 一、前言

一九六六年五月十六日，毛澤東以中共中央的名義，發布通知，撤銷原來的「文化革命五人小組」及其辦事機構，重新設立文革小組，隸屬於政治局常委之下。這份通知強調，大陸正面臨「一個偉大的無產階級文化革命的高潮。這個高潮有力地衝擊著資產階級和封建殘餘還保存的一切腐朽的思想陣地和文化陣地」。❶從此，一場長達十年的浩劫正式展開，造成人力物力的損失，古今中外皆稱罕見。

文革結束後，中共當局為示有別於前凶，也為了紓解民怨，曾經密集批鬥四人幫，但很少還原毛澤東本人的文革經驗。時至今日，中共對毛澤東與文革的評價仍不夠全面，凡此都值得探討，以明歷史的真相。

❶「中共中央委員會『五．一六通知』」（一九六六年五月十六日），收入《中共機密文件彙編》（初版，臺北：國立政治大學國際關係研究中心輯印，一九七八年），頁一六七。

文革十年，大致可分為三期。從一九六六年五月至一九六九年四月，即全面爆發至中共九大，是為前期。從一九六九年四月至一九七三年八月，即中共九大至十大，是為中期。從一九七三年八月至一九七六年十月，即中共十大至四人幫覆滅，是為後期。今分論毛澤東在此三個時段的言行，重現今日大陸史書所略的篇章。

## 二、文革前期：倒劉

毛澤東發動文革的直接目的，在與劉少奇爭權，而其根本動機，則在摧毀所有不合己意的思想，因此必須從意識形態下手。一九六五年十一月，他指使姚文元，批判吳晗的新編歷史劇「海瑞罷官」，揭開文革的序幕。一九六七年二月三日，他會晤卡博・巴盧庫時透露：「一九六五年十一月對吳晗發表批判文章，在北京寫不出，只好到上海找姚文元。這個攤子開始是江青他們搞的，當然事先也告訴過我，文章寫好後交給我看。」❷他同時表示，為了戰勝修正主義，必須公開的、全面的、自下而上的揭發黑暗面，所以他催生了文革。

一九六六年五月二十八日，中共中央正式宣布，成立新的文革小組，組長是陳伯達，顧問是康生，副組長是江青、王任重、劉志堅、張春橋，組員則包括謝鏜忠、尹達、王力、關鋒、戚本禹、穆欣、姚文元。這個小組名義上隸屬於政治局常委，其實只隸屬於毛澤東一人，中共中央也發出通

❷「毛澤東和卡博・巴盧庫的談話」（一九六七年二月三日），收入❶引書，頁一五。

知，在陳伯達生病或外出期間，小組的工作由江青主持。❸毛澤東透過江青直接領導文革的意圖，至此昭然若揭。小組後來逐漸取代中共中央書記處和政治局，成為唯一的文革司令部，毛澤東夫婦也就成為一場浩劫的最大亂源。

稍早的一九六六年二月，江青在上海主持部隊文藝工作座談會，事後寫了一份紀要，經毛澤東三次親自審閱和修改才定稿，❹頗能反映他此時的文藝觀。紀要指出，大陸文藝界從一九四九年以來，被一條與毛澤東思想對立的反黨反社會主義黑線專了政，它是資產階級、現代修正主義的文藝思想和三十年代文藝的結合。「我們一定要根據黨中央的指示，堅決進行一場文化戰線上的社會主義大革命，徹底搞掉這條黑線。搞掉這條黑線以後，還會有將來的黑線，還得再鬥爭。所以，這是一場艱鉅、複雜、長期的鬥爭，要經過幾十年甚至幾百年的努力。」❺毛澤東和江青如此說，也如此做，但不得善終。

一九六六年五月二十五日，北京大學的聶元梓等七人貼出大字報，宣稱要打破修正主義的種種控制，「堅決、徹底、乾淨、全部地消滅一切牛鬼蛇神，一切赫魯曉夫式的反革命修正主義分子」。劉少奇的名字，此時呼之欲出。毛澤東見狀，當然大加鼓吹。六月一日，他批准中央人民廣播電臺

---

❸金春明著，《文化大革命史稿》（初版，四川：人民出版社，一九九五年），頁一六九。
❹「林彪同志給中央軍委常委的信」，收入《江青同志論文藝》，一九六八年五月出版（臺北：中華民國國際關係研究所複製，一九七四年七月），頁三。
❺「林彪同志委託江青同志召開的部隊文藝工作座談會紀要」，收入❹引書，頁七。

廣播全文，並訓令第二天見報。七月二十一日，他對中央首長表示，這份大字報是二十世紀六十年代的中國巴黎公社宣言書，其意義超過巴黎公社。「我向大家講，青年是文化大革命大軍！要把他們充分發動起來。」他同時強調，坐辦公室聽匯報不行，只有依靠群眾，相信群眾，鬧到底，「準備革命革到自己頭上來」。他最後說：「凡是鎮壓學生運動的人都沒有好下場。」❻一九四九年以前，毛澤東利用熱情單純的學生，協助奪取政權，文革時他重操舊業，藉以打擊政敵，初步得逞後，他又發動軍隊鎮壓紅衛兵，也應驗了自己的話語。一九八九年六四前後，大陸民運人士重提此言，成為中共當局新的夢魘。

一九六六年五月七日，毛澤東回信給林彪，表示軍隊應該是一所大學校，不但學政治、軍事、文化，從事農副業生產，辦一些中小工廠，也能從事群眾工作，參加工廠、農村的社教四清運動，「又要隨時參加批判資產階級的文化革命鬥爭」。❼至於工人、農民、學生，以及商業、服務業、黨政機關工作人員，也要比照辦理。根據這項「五七指示」，一九六八年起，大陸從中央到地方，各級黨政機關、團體、科研單位和大專院校等，普遍在農村或山區開辦「五七幹校」，送進大批機關幹部、科技人員和教師等，從事沉重的體力勞動，幹校遂成為「林彪、江青反革命集團對廣大幹

---

❻ 毛澤東，「對中央首長的講話」（一九六六年七月二十一日），收入《中共文化大革命重要文件彙編》（增訂本）（初版，臺北：中共研究雜誌社，一九七九年），頁二二〇。

❼ 毛澤東，「給林彪的信」（一九六六年五月七日「關於進一步搞好部隊農業的報告」的批示），收入❻引書，頁二一八。

部進行勞動懲罰和政治迫害的場所」。❽中共現在如是說，但沒有說明，何以獨漏毛澤東的名字。

一九六六年七月八日，毛澤東在武漢寫信給上海的江青，提到此時的任務，是要在全黨全國打倒部分的右派，他特別註明，「不可能全部」。七、八年後再來一次橫掃牛鬼蛇神的運動，爾後還要推行多次。值得注意的是，他有如下的坦言：「我在二十世紀六十年代就當了共產黨的鍾馗了，事物總是走向反面的，吹得越高，跌得越重，我是準備跌得粉身碎骨的，這有什麼要緊？物質不滅，不過粉碎罷了。全世界有一百多個黨，大多數的黨都不信馬列主義了，馬克思、列寧都被他們搞得粉碎，何況我們呢？」❾毛澤東對文革的設想事關重大，但他沒有告訴許多老同志，只寫給了並非中央委員的妻子。論者指出，可見當時他真正信賴的人已經不多了。❿

一九六六年八月一日起，中共舉行八屆十一中全會，主要議程為通過「關於無產階級文化大革命的決定」，全文十六條，是第一份正式的相關文件。其中揭示，「在當前，我們的目的是鬥垮走資本主義道路的當權派，批判資產階級的反動學術『權威』，批判資產階級和一切剝削階級的意識形態」。會議期間，毛澤東發表了「炮打司令部──我的一張大字報」，明指有些領導同志「站在反動的資產階級立場上，實行資產階級專政」，「聯繫到一九六二年的右傾和一九六四年形『左』而實右

❽「五七幹校」，見巢峰主編，《文化大革命詞典》(初版，臺灣東華書局，一九九三年)，頁一八〇。
❾毛澤東，「給江青的一封信」(一九六六年七月八日)，收入❻引書，頁二一九。
❿同❸引書，頁一七七。

的錯誤傾向，豈不是可以發人深省的嗎？」⓫凡此用語，已使眾人皆知，他在批鬥劉少奇。一九六七年八月二日，劉少奇向「中南海革命造反大隊」提出「自我檢查」，就承認自己在一九六四年，曾經前往若干城市發表講話，其中存在若干形「左」實右的傾向。⓬一九六八年十月十八日，中共中央專案審查小組提出「關於叛徒、內奸、工賊劉少奇罪行的審查報告」，說他「罪大惡極，死有餘辜」。因此，建議黨中央撤銷他黨內外一切職務，永遠開除黨籍，並繼續清算其與同夥叛黨叛國的罪行。⓭至此，毛澤東的願望正式達成。

一九六六年八月一日，毛澤東覆信給清華附中的紅衛兵，熱烈支持他們聲討地主階級、資產階級、帝國主義、修正主義及其走狗。⓮八月十日，他到中共中央設立的群眾接待站，號召大家「要把無產階級文化大革命進行到底」。八月十八日，他換上軍裝，戴上袖章，在天安門檢閱百萬紅衛兵。至十一月下旬為止，他八度接見紅衛兵和「革命師生」，人數超過了一千一百萬。在「誓死保衛毛主席」聲中，紅衛兵殺人放火，無所不為。據北京市公安局統計，一九六六年八月下旬至九月底，不過四十餘日，全市就打死一七七二人，抄家三三六九五戶，驅趕出京的黑五類及其家屬，多

---

⓫同❸引書，頁一八〇。

⓬「劉少奇的第三次『自我檢查』」（一九六七年八月二日），收入❻引書，頁四一三。

⓭「中共中央專案審查小組『關於叛徒、內奸、工賊劉少奇罪行的審查報告』」（一九六八年十月十八日），收入❻引書，頁四一八。

⓮毛澤東，「覆清華附中紅衛兵的一封信」（一九六六年八月一日），收入❻引書，頁二二二。

達八五〇〇〇人以上。⓯這種無政府的狀況，發生在中共的「首都」，已有人間地獄的景象，而毛澤東聽之任之。

一九六六年十月九日至二十八日，中共召開中央工作會議，由毛澤東直接主持。陳伯達在會中公開表示：「提出錯誤路線的，是錯誤路線的代表人，即劉少奇和鄧小平兩位同志，他們要負主要責任。」⓰毛澤東也在會上講話，呼應陳伯達的看法：「十七年來，有一件事我看做得不好；原來的意思考慮到國家的安全，鑒於蘇聯、斯大林的教訓，搞了一線二線，我處在二線，別的同志在一線。現在看來不那麼好，結果很分散，一建成就不能集中了，相當於好多的獨立王國，所以十一屆中央全會作了改變，這是一件事。我處在二線，日常工作不主持，許多事讓別人去搞，培養別人的威信，以便我見上帝的時候，國家不會出現那麼大的震動。大家贊成這個意見，後來處在一線的同志，有些事情處理得不那麼好，有些應當我抓的事情，我沒有抓，所以我也有責任。不能完全怪他們。為什麼說我也有責任呢？因為北京沒有人辦事，現在北京問題解決了。」⓱

此處所謂「別的同志在一線」，即指劉少奇。中共建立政權後，厲行中央集權的計畫經濟，一如其政治路線，都一邊倒向蘇聯。從一九五〇至一九五七年，經過三年的經濟恢復期和第一個五年計畫後，所有制的結構趨向單一化。一九五八至一九六〇年，毛澤東更把優先發展重工業之舉，歸

⓯同❸引書，頁一八四。
⓰同❸引書，頁一八七。
⓱毛澤東，「在中共中央工作會議上的講話」（一九六六年十月二十五日），收入❻引書，頁二二七。

結為「以鋼為綱」，展開全民大煉鋼，並把農戶轉入人民公社，取消自留地和集市貿易，準備快步跑向共產主義，結果連續三年財政出現赤字，活活餓死數千萬人民。一九六一至一九六五年，三面紅旗紛紛落地，乃改採調整、鞏固、充實、提高的方針，在劉少奇的主持下，農村大力推行三自一包——自留地、自由市場、自負盈虧和包產到戶，以個體農業生產補救集體的不足，農村經濟乃漸復甦。此時退居二線的毛澤東，不能忍受功高震主的劉少奇，便決定發動文革以鬥之。

在中央工作會議上，毛澤東還提到第二件事：「五個月來的文化大革命，火是我放起來的，時間很倉促，與二十八年民主革命和十七年社會主義比較起來，只有五個月，不到半年，不那麼通，有的沒接觸，是可以理解的。不那麼通！你們過去只搞工業、農業，就是沒搞文化大革命化。」⓲這句「火是我放起來的」，正是毛澤東發動文革的定論。他當時沒有想到，文革持續了整整十年，仍然「不那麼通」。必待他本人辭世，劫後餘生的大陸人民，方能從死屍遍地的幽谷中走出來，喘息回顧文革這一條絕路。

一九六七年一月上旬，造反派篡奪上海市的黨政大權，掀起了「一月風暴」。八日，毛澤東讚揚「這是一場大革命」。十一日，中共中央、國務院、中央軍委、中央文革小組為此發出賀電。十六日，毛澤東正式批准上海市的奪權。⓳從此至次年九月，大陸二十九個省市和自治區，全部建立了革命委員會，接管各地的權力。革委會由軍隊幹部、地方幹部和造反派代表組成。一九六七年一

---

⓲同⓱，頁二二八。

⓳「『文化大革命』大事記」，收入❽引書，頁四四三。

月二十三日，中共中央等上述四單位，遵照毛澤東的指示，而有「關於人民解放軍堅決支持無產階級革命派的通知」，其主要內容為：（一）以前關於軍隊不介入地方文化大革命及其他一切違反上述精神的指示，一律作廢。（二）積極支持革命左派的奪權鬥爭。（三）堅決鎮壓反對無產階級左派的反革命分子和反革命組織，如果他們動武，軍隊應堅決還擊。⑳三月十九日，中央軍委又根據毛澤東的意見，頒發「關於集中力量執行支左、支農、支工、軍管、軍訓任務的決定」，此即「三支兩軍」運動，說明林彪此時已獲毛澤東的抬愛，軍隊也正式介入奪權鬥爭。

一九六七年二月三日，毛澤東會晤卡博・巴盧庫時表示：「大學生有很大一部分我是懷疑的，特別是文科。不搞文化大革命他們就要變成修正主義分子，搞修正主義了。」㉑毛澤東對文科學生的不信任，使人聯想起胡風的遭遇。胡風被囚二十四年後獲釋，晚年頗以自己一生的道路為苦，當兒子問及，妹妹的孩子要考大學，是報理工或文科？胡風連呼：「不報文科！不報文科！」㉒此語實滲血淚，且不止一人的血淚，訴說大陸文人生命力的浪費，也透見民族文化力的摧殘。毛澤東在同一場會晤時還坦言：「有人說，中國愛好和平，那是吹牛，其實中國就是好鬥，我就是一個。好鬥，出修正主義就不那麼容易了。」㉓毛澤東集黨政軍大權於一身，狠鬥心目中的敵人，造成千萬

---

⑳ 汪學文，《中共文化大革命與紅衛兵》（初版，臺北：中華民國國際關係研究所，一九六九年），頁五五三。

㉑ 「毛澤東與卡博・巴盧庫的談話」，收入❶引書，頁一六。

㉒ 李大江，「寫在胡風逝世之後」，《明報》月刊（香港），一九八五年七月。

㉓ 同㉑，頁一七。

人頭落地，而為其所不惜。

一九六七年二月中旬，周恩來主持懷仁堂碰頭會，譚震林等老幹部強烈批評文革。二月十八日，毛澤東召集部分中共中央政治局委員開會，嚴厲指責譚震林等。㉔從二月二十五日至三月十八日，在懷仁堂對彼等展開了批鬥。此後中央政治局停止活動，文革小組的權力日益膨脹，並在大陸掀起了「反擊二月逆流」運動。七月二十日，武漢軍區司令員陳再道支持的群眾，組成「百萬雄師」，反對中央文革小組的王力等人，但立即被宣布為反革命。七月二十六日，經毛澤東和中共中央批准，武漢軍區發表公告，稱七二〇事件是反對毛澤東和黨中央的叛變行為，「軍內一小撮走資派」因此遭到迫害。十一月六日，《人民日報》、《解放軍報》和《紅旗》雜誌，發表經毛澤東審閱的文章，題為「沿著十月社會主義革命開闢的道路前進」，首次將毛澤東發動文革的觀點，概括成無產階級專政下繼續革命的理論，並稱之為馬克思主義發展史上「第三個偉大的里程碑」。㉕在「繼續革命」的理論下，在「文攻武衛」的口號下，毛澤東把大陸人民帶向了深淵。

一九六八年五月十三日，「北京新華印刷廠軍管會發動群眾開展對敵鬥爭的經驗」一文，由姚文元送交毛澤東。五月十九日，毛澤東批示肯定。五月二十五日，中共中央、中央文革小組轉發毛澤東的批示和該文，要求全大陸各地區、各單位「有步驟地、有領導地把清理階級隊伍這項工作做好」，廣大幹部和群眾因此受到打擊。七月二十七日，中共中央、國務院、中央軍委、中央文革小

㉔同⑲，頁四四五。
㉕同⑲，頁四五〇。

組決定，對教育部實行軍事管制，成立軍管小組。同日，由三萬多名北京工人組成的「毛澤東思想宣傳隊」，進駐各大專院校。八月二十五日，中共中央等上述四單位，發出「關於派工人宣傳隊進學校的通知」。八月二十六日，《人民日報》刊出姚文元之作，題為「工人階級必須領導一切」，傳達了毛澤東的訓令：「凡是知識分子成堆的地方，不論是學校，還是別的單位，都應該有工人、解放軍開進去，打破知識分子獨霸的一統天下，占領那些大大小小的獨立王國。」❷從此，工宣隊、軍宣隊又進駐各黨政機關和文化單位，貧下中農也進駐鄉村的學校。一九六九年四月三日，北京工人毛澤東思想宣傳隊更進駐教育部，會同軍管小組，領導鬥、批、改，貫徹了毛澤東的反智論。

一九六八年九月一日，《人民日報》、《解放軍報》和《紅旗》雜誌，同時發表由毛澤東審定的文字，題為「把新聞戰線的大革命進行到底——批判中國赫魯曉夫反革命修正主義的新聞路線」，製造了新聞黑線專政論，不讓文藝黑線專政論專美於前。十月十六日，《人民日報》轉載《紅旗》雜誌的社論，題為「吸收無產階級的新鮮血液」，在批判劉少奇的「黑六論」之餘，傳達了毛澤東「吐故納新」的指示。此後，不少造反派和打砸搶分子成為中共的「新鮮血液」，甚至進入各級領導階層，形成「流氓治國」的局面。

一九六八年十月十三日至三十一日，中共舉行八屆擴大十二中全會，毛澤東主持會議，並論及文革問題。全會批判了「二月逆流」的老幹部，以及「一貫右傾」的朱德等人，並批准了「關於叛

❷同⓳，頁四五四。

徒、內奸、工賊劉少奇罪行的審查報告」，製造了中共黨史上最大的冤案。㉗全會根據毛澤東「把無產階級文化大革命進行到底」的口號，展開一連串的部署，無異將文革推到深淵的底層。十二月二十二日，《人民日報》刊出一通訊，題為「我們也有兩隻手，不在城裡吃閒飯」，並在編按中傳達毛澤東的指示：「知識青年到農村去，接受貧下中農的再教育，很有必要。」從此掀起知青上山下鄉的熱潮，先後超過了一千七百萬人。此舉的影響甚大，就現代文明的角度觀之，實開歷史的倒車。文明有一特徵即都市化，表現在高效率的工作和尊重專業上，毛澤東不此之圖，卻把城裡的人下放到農村去，此無助於農村的改良，卻有害於都市的進步，都市變成農村的尾巴，違反了進化原則，也不利於大陸的現代化，而毛澤東率性為之。

## 三、文革中期：批林

一九六九年四月一日至二十四日，中共舉行九全大會，毛澤東在開幕典禮上，回顧了歷次黨代表大會，也批判了劉少奇等人。㉘大會的主要議程有三：(一)林彪代表中共中央作政治報告，(二)修改黨章，(三)選舉黨的中央委員會。新的黨章歌頌毛澤東思想：「是在帝國主義走向全面崩潰，社會主義走向全世界勝利的時代的馬克思列寧主義。」歌頌文革：「就是在社會主義條件下，無產

㉗同⑲，頁四五五。

㉘毛澤東，「在中共第九次全國代表大會上的講話」(一九六九年四月一日)，收入❻引書，頁二四四。

階級反對資產階級和一切剝削階級的政治大革命。」更重要的是，它明文規定了領袖和接班人：「以毛澤東同志為領袖。」「林彪同志一貫高舉毛澤東思想偉大紅旗，最忠誠、最堅定地執行和捍衛毛澤東同志的無產階級革命路線。林彪同志是毛澤東同志的親密戰友和接班人。」此外，它把個人崇拜推上最高峰：「我們黨的全部歷史，證明了一條真理：離開了毛主席的領導，離開了毛澤東思想，我們的黨就受挫折，就失敗；緊跟毛主席，照毛澤東思想辦事，我們的黨就前進，就勝利。我們要永遠記住這個經驗。在任何時候、任何情況下，誰反對毛主席，誰反對毛澤東思想，就全黨共討之，全國共誅之。」❷❾凡此種種，禁不起實踐的檢驗，皆已化為歷史的灰燼了。

一九六九年四月二十八日，中共舉行九屆一中全會，毛澤東與林彪分任中共中央主席與副主席。毛澤東在會上表示：「看來，無產階級文化大革命不搞是不行的，我們這個基礎不穩固。據我觀察，不講全體，也不講絕大多數，恐怕是相當大的一個多數的工廠裡頭，領導權不在真正的馬克思主義者，不在工人群眾手裡。過去領導工廠的，不是沒有好人。有好人，黨委書記、副書記、委員，都有好人，支部書記有好人。但是，他是跟著過去劉少奇那種路線走，無非是搞什麼物質刺激，利潤掛帥，不提倡無產階級政治，搞什麼獎金等等。」❸⓿劉少奇此時已遭整肅，但毛澤東極左的心猶耿耿，故一再責其「走資」。林彪扶搖直上，權傾一時，也正因助毛倒劉有功。一九六九年十一

---

❷❾同❸引書，頁三〇一。

❸⓿毛澤東，「在中共第九屆中央委員會第一次全體會議上的講話」（一九六九年四月二十八日），收入❻引書，頁二四五。

月十二日，劉少奇飽受摧殘後，死於河南開封，毛澤東發動文革的直接目的，至此完全達成，但文革早已如失控的列車，仍在瘋狂行駛中，一路死傷國人無數。

一九七〇年三月十七日至二十日，中共召開中央工作會議，會中根據毛澤東的意見，討論舉行四屆人大和修改憲法的問題，與會者大多贊成毛澤東的建議，即不設立國家主席。按中共自建立政權以來，就設有國家主席，一九四九年至一九五八年由毛澤東擔任。由於推行三面紅旗政策失敗，毛被迫退居二線，一九五九年四月，二屆人大第一次會議乃選舉劉少奇繼任。一九六四年十二月，三屆人大又舉劉少奇繼之，直到他被打倒。毛澤東對劉少奇由忌生恨，為免第二個劉少奇出現，故主張廢國家主席。此時林彪已獲指定為接班人，為了名副其實地接班，便有若干準備動作，其一即為爭取國家主席，此舉自然又引起毛澤東的猜忌。一九七〇年四月十一日，林彪表面建議毛澤東擔任國家主席。次日，毛即批示：「我不能再做此事，此議不妥。」㉛一九七〇年八月二十三日至九月六日，中共在廬山舉行九屆二中全會，討論修憲問題，林彪系統的陳伯達指使華北組發出簡報，「強烈要求毛主席當國家主席，林副主席當國家副主席」。八月二十五日，毛澤東召開中央政治局常委擴大會議，決定停止討論林彪的講話，並收回簡報。八月三十一日，毛又提出「我的一點意見」，表示「這個材料是陳伯達同志搞的，欺騙了不少同志」。㉜設立國家主席一事乃作罷議，但毛林之間的嫌隙已無法彌補，終有一九七一年的林彪事件。

㉛同❸引書，頁三三二。
㉜同❸引書，頁三三五。

一九七〇年九月六日，中共九屆二中全會「基本通過」憲法修改草案，依毛澤東的意見，第二章「國家機構」，已無「中華人民共和國主席」條文，但第一章「總綱」第二條，仍然明定「毛澤東主席是全國各族人民的偉大領袖，是我國無產階級專政的元首，是全國全軍的最高統帥。林彪副主席是毛主席的親密戰友和接班人，是全國全軍的副統帥。毛澤東思想是全國一切工作的指導方針」。❸此項條文襲自九大的黨章，可視為兩人暫時的妥協。會後，毛澤東展開了批判陳伯達的整風運動，一波勝過一波。一九七一年八月中旬至九月十二日，毛澤東在外地巡視期間，和沿途各地負責幹部表示，「有人急於想當國家主席，要分裂黨，急於奪權」。他還強調，對於路線和原則問題是不讓步的。「廬山會議以後，我採取了三項辦法，一個是甩石頭，一個是摻沙子，一個是挖牆腳。批了陳伯達搞的那個騙了不少人的材料，批發了三十八軍的報告和濟南軍區反驕破滿的報告，還有軍委開了那麼長的座談會，根本不批陳，我在一個文件上加了批語。我的辦法，就是拿到這些石頭，加上批語，讓大家討論，這是甩石頭。土太板結了就不透氣，摻一點沙子就透氣了。軍委辦事組摻的人還不夠，還是增加一些人，這是摻沙子。改組北京軍區，這叫挖牆腳。」❹毛澤東的工於心計，

---

❸「中華人民共和國憲法修改草案」（一九七〇年九月六日，中國共產黨第九屆中央委員會第二次全體會議基本通過），收入袁悅編，《林彪事件原始文件彙編》（增訂本）（再版，臺北：中國大陸問題研究所，一九七六年），頁一二。

❹「毛主席在外地巡視期間同沿途各地負責同志的談話紀要」（一九七一年八月中旬至九月十二日），收入❸引書，頁一三一。

此處自暴無遺，也可說明其危機感之強烈。廬山會議後，毛林之間的矛盾已逐漸提升為「敵我」，最後必待林彪死於非命，方得告一段落。

林彪的死因至今成謎，中共官方的說詞有如電影劇本，劇情要點如下：一九七一年三月十八日至二十四日，林彪、葉群指使林立果、周宇馳等，在上海制訂「五七一工程紀要」，策劃武裝政變，謀害毛澤東。三月三十一日，林立果在上海召開「三國四方」會議，研究政變的指揮班子和具體分工。四月二十三日，「聯合艦隊」主要人員開會，準備加快、提前實行計畫。九月五日和六日，林彪、葉群決定謀殺南巡的毛澤東。九月八日，林彪下令發動武裝政變。九月十二日，林彪得悉刺毛的計畫破產後，決定率眾南逃廣州，另立中央，但未得逞。九月十三日凌晨，林彪、葉群和林立果等倉惶外逃，在蒙古溫都爾汗機毀人亡。當共軍監視雷達報告，林彪的飛機要越界時，周恩來請示是否攔截，毛澤東沉思片刻後說：「天要下雨，娘要嫁人，讓他去吧。」㉟這架飛機就進入蒙古境內，因缺油迫降而墜毀。

毛澤東控制了大陸所有的傳播媒體，上述的懸疑故事遂成公開的唯一說法。一九七一年九月十八日，中共中央經毛澤東同意，發出「關於林彪叛國出逃的通知」，號召「全黨同志首先是高級幹部同林彪劃清界限」。十月三日，中共中央決定成立專案組，由周恩來負責，徹底審查林彪、陳伯達反黨集團的問題。十一月十四日，毛澤東接見成都地區座談會的人員時，為「二月逆流」平反，

㉟同❸引書，頁三四三。

指其性質是對付林彪等人。㊱其實，譚震林等老幹部反對的是毛澤東和江青等文革派，林彪則成為後來的替罪者。十一月十四日，中共中央又印發「五七一工程紀要」，並指林彪早有預謀發動政變。十二月十一日，中共中央發下「粉碎林陳反黨集團反革命政變的鬥爭」材料之一，訓令舉國討論，次年又先後發下兩份材料，全面展開批林整風。整體觀之，一九七一年堪稱大陸的「林彪年」，林彪從親密的戰友和接班人，變成叛徒和賣國賊，世人若因此懷疑毛澤東的識別能力，是一件合理的事。

林彪既倒，四人幫等文革派在毛澤東的支持下，勢力益盛。前此，一九七〇年十二月二十九日，姚文元向毛澤東報告，提出批判「地主、資產階級人性論」的意見。一九七一年一月六日，中共中央印發毛澤東「都同意」等批示的全文，以及姚文元的報告，此後掀起全大陸以劉少奇為對象的批判浪潮。四月十五日至七月三十一日，毛澤東批准召開了全國教育工作會議，由遲群主持起草會議紀要，經張春橋和姚文元定稿，又獲毛澤東同意，由中共中央轉發全境。紀要徹底否定中共建政十七年間的教育工作，一如一九六六年二月的文藝工作紀要，大陸知識分子的苦難遂不可免。

一九七二年九月，王洪文在毛澤東的提攜下，由上海調到中共中央工作，從此成為毛江核心的一員。十月十四日，《人民日報》發表三篇專文，批判林彪的極左，引起江青等人的不滿。毛澤東受到彼等的影響，十二月十七日公開表示，林彪不是極左，而是極右、修正主義。㊲一九七三年一

㊱同⑲，頁四六二。

㊲同❸引書，頁三五四。

月一日，《人民日報》、《解放軍報》和《紅旗》雜誌發表聯合社論，強調批林整風的重點，在林彪反革命修正主義路線的極右性質。這是重複毛澤東的看法，也是重播江青的聲音。七月四日，毛澤東與王洪文、張春橋談話時，批評周恩來主持的外交部：「結論是四句話：大事不討論，小事天天送；此調不改動，勢必出修正。」❸❽毛澤東同時認為，林彪和國民黨一樣，都是尊孔反法的。他既有此看法，乃於一九七三年製造「尊法反儒」的輿論，並於次年展開「批林批孔」運動，藉以打擊老幹部，不惜污衊孔子和儒家。早在一九三八年十月，中共舉行六屆六中全會時，毛澤東就在會上提到歷史的遺產：「我們這個民族有數千年的歷史，有它的特點，有它的許多珍貴品。對於這些，我們還是小學生。今天的中國是歷史的中國的一個發展；我們是馬克思主義的歷史主義者，我們不應當割斷歷史。從孔夫子到孫中山，我們應當給以總結，繼承這一份珍貴的遺產。這對於指導當前的偉大的運動，是有重要的幫助的。」❸❾到了文革時期，毛澤東為了鬥爭的需要，便把這份珍貴的遺產拋棄了。

---

❸❽同❶❾，頁四六五。

❸❾毛澤東，「中國共產黨在民族戰爭中的地位」（一九三八年十月），收入《毛澤東選集》第二卷（北京：人民出版社，根據一九六六年七月橫排本重印，一九九〇年五月第一次印刷），頁四九九。

## 四、文革後期：蓋棺

一九七三年八月二十四日至二十八日，中共舉行十全大會，周恩來代表中共中央做政治報告，王洪文做修改黨章的報告。前者的內容由張春橋、姚文元起草，經毛澤東審定，周恩來不過是宣讀而已。❹⓪其中指出，九大的政治報告是在與林彪、陳伯達堅決鬥爭後，由毛澤東親自主持起草的。「九大的政治路線和組織路線都是正確的」，「毛主席的講話和大會通過的中央委員會的政治報告，為我們黨規定了一條馬克思列寧主義的路線」，「粉碎林彪反黨集團是我們黨在九大以後取得的最大的勝利」，「林彪反黨集團的垮臺，並不是黨內兩條路線鬥爭的結束」，「黨內兩條路線鬥爭將長期存在，還會出現十次、二十次、三十次」，因此必須堅持「無產階級專政下繼續革命」的理論。報告並提到，林彪集團是「語錄不離手，萬歲不離口，當面說好話，背後下毒手」。❹①這個生動的形象比喻，徒然說明了個人崇拜的愚昧，以及毛澤東的欠缺識人之明。

王洪文的報告指出，修改後的黨章，刪去了九大黨章總綱中有關林彪的一段話，但依然重申，文革是在社會主義條件下，「無產階級反對資產階級和一切剝削階級，鞏固無產階級專政，防止資本主義復辟的政治大革命」，「這樣的革命，今後還要進行多次」。凡此論調，多在重複毛澤東的觀

---

❹⓪高皋、嚴家其，《「文化大革命」十年史》（初版二刷，天津：人民出版社，一九八九年），頁四八六。

❹①同❹⓪，頁四八六。

點。王洪文同時強調，「要培養接班人的內容」，要「著重從工人、貧下中農中選拔優秀分子到各級領導崗位上來」。㊷此說的最大受益人，正是他自己。一九七三年八月三十日，中共召開十屆一中全會，王洪文經毛澤東批准，當上中共中央副主席，成為接班人之一。康生此時也被選為副主席，張春橋成為中央政治局常委，姚文元、江青都是中央政治局委員，四人幫的力量因此更為加強，彼等背後的支柱，正是毛澤東。

兩千多年來，孔子思想雖歷經挑戰，仍為中華文化的主流。毛澤東發動文革，其文化上的目的，在清除古往今來思想的異己者，孔子自然首當其衝。一九七三年五月，中共中央召開工作會議，毛澤東在批林時，講到也要批孔。該月，毛澤東與江青提到郭沫若的「十批判書」時，出示其詩作：「郭老從柳退，不及柳宗元；名為共產黨，崇拜孔二先。」八月五日，毛澤東又對江青出示一首詩，題為「讀『封建論』——呈郭老」：「勸君少罵秦始皇，焚坑事業要商量。祖龍雖死秦猶在，孔學名高實秕糠。百代都行秦政法，十批不是好文章。熟讀唐人封建論，莫從子厚返文王。」毛澤東認為，法家主張中央集權和郡縣制，在歷史上是前進的，是厚今薄古的；「而儒家呢？他滿口仁義道德，一肚子男盜女娼，他是厚古薄今的，開倒車的」。㊸他還表示，郭沫若對待秦始皇和孔子的態度，跟林彪一樣。按郭沫若的「十批判書」早已寫就，毛澤東此時的讀後感，教「歌德派」的郭沫若情何以堪？

---

㊷同㊵，頁四八七。
㊸同❸引書，頁三六二。

一九七三年九月二十三日，毛澤東接見埃及副總統時說：「秦始皇是中國封建社會第一個有名的皇帝，我也是秦始皇，林彪罵我是秦始皇。中國歷來分兩派，一派講秦始皇好，一派講秦始皇壞。我贊成秦始皇，不贊成孔夫子。」❹❹這樣的話語，使人想起一九五八年五月八日，他在中共八大二次會議上的心聲：「秦始皇算什麼？他只坑了四百六十個儒，我們坑了四萬六千個儒。我們鎮反，還沒有殺掉一些反革命的知識分子嗎？我與民主人士辯論過，你罵我們是秦始皇，不對，我們超過秦始皇一百倍。罵我們是秦始皇，是獨裁者，我們一貫承認，可惜的是，你們說得不夠，往往要我們加以補充。」❹❺根據會議紀錄，毛澤東此時「大笑」。其實，他早就寫過，「惜秦皇漢武，略輸文采」，後來他越說越白，暴君的味道也越來越濃了。

一九七四年一月十八日，毛澤東親自批發了該年第一號的中共中央文件，內容是江青直接指揮編就的「林彪與孔孟之道」，正式展開批林批孔運動。文件強調，「林彪是一個地地道道的孔老二的信徒。他和歷代行將滅亡的反動派一樣，尊孔反法，攻擊秦始皇，把孔孟之道做為陰謀篡黨奪權、復辟資本主義的反動思想武器」。❹❻這份材料由北京大學、清華大學出面選編，搜集林彪的筆記、

---

❹❹同❹❸。

❹❺毛澤東，「在八大二次會議上的講話」（一九五八年五月八日），收入《毛澤東思想萬歲》（一九六九年八月編印，臺北：中華民國國際關係研究所複製，一九七四年七月出版），頁一九五。

❹❻「中共中央中發（一九七四）一號文件（全文）」——北京大學、清華大學選編「林彪與孔孟之道」（材料之一），收入❸❸引書，頁一六八。

手書題詞和住宅裡的資料，以及公開言論，加以批判，要目如下：（一）效法孔子「克己復禮」，妄圖復辟資本主義。（二）鼓吹「生而知之」的天才論，陰謀篡黨奪權。（三）宣揚「上智下愚」的唯心史觀，惡毒污衊勞動人民。（四）宣揚「德」、「仁義」、「忠恕」，攻擊無產階級專政。（五）販賣「中庸之道」，反對馬克思主義的鬥爭哲學。（六）用孔孟反動的處世哲學，結黨營私，大搞陰謀詭計。（七）鼓吹「勞心者治人，勞力者治於人」的剝削階級思想，攻擊「五・七」道路。（八）教子尊孔讀經，夢想建立林家世襲王朝。㊼全篇可謂望孔子之文，生林彪之義，頗能說明批林批孔運動的實質內容。例如，孔子主張恢復周禮，毛澤東和江青則認為，孔子想要復辟奴隸制，林彪更想要復辟資本主義。凡此觀點，已無任何學術討論的空間了。

在這樣的高壓下，許多老幹部成為林彪的陪祭品，紛紛中箭下馬，其間毫無章法可言。不少知識分子也必須在孔子與毛澤東之間善自選擇，有人赴義就死，有人苟全性命，不一而足。以郭沫若為例，接到毛澤東的點名批判後，作詩表態，以春雷比喻批林批孔運動：「讀書卅載探龍穴，雲水茫茫未得珠。知有神方醫俗骨，難排蠱毒困窮隅。豈甘樗棟悲繩墨，願竭駑駘效策驅。猶幸春雷驚大地，寸心初覺祝歸趨。」㊽再以馮友蘭為例，為了避免犯錯，便寫了兩篇批孔、批尊孔的文字，發表於《北京大學學報》，先後轉載於《光明日報》和《北京日報》，果然獲得毛澤東的首肯，從此成為批林批孔運動的顧問。毛死江倒之後，他有如下的檢討：「一九七四年我寫的文章，主要是出

㊼同㉝引書，頁一七〇。
㊽同㊵，頁五〇六。

於對毛主席的信任，總覺得毛主席黨中央一定比我對。實際上自解放以來，我的絕大部分工作就是否定自己，批判自己。每批判一次，總以為是前進一步。這是立其誠。現在看來也有並不可取之處，就是沒有把所有觀點放在平等地位來考察。而在被改造的同時得到吹捧，也確有欣幸之心，於是更加努力『進步』。這一部分思想就不是立其誠，而是譁眾取寵了。」㊾馮友蘭的悲哀，是萬千個大陸知識分子的縮影，其所以至此，來自毛澤東的心態與施為。毛對知識分子既低視又高估，既拉攏又威嚇，終於懼恨交加，防範唯恐不周，撒網唯恐不密，結果犧牲了學術，政權未必無憂，數十年來皆如此，文革則達到了極點。

一九七四年十月二十日，毛澤東會見丹麥首相，談到無產階級專政的理論問題，認為大陸還實行八級工資制，按勞分配，貨幣交換，這些跟「舊社會」沒有多少差別，不同的是所有制變更了。十二月二十六日，他在長沙聽取周恩來、王洪文關於四屆人大籌備工作的報告後，重申其「反修」的看法：「我同丹麥首相談過社會主義制度。我國現在實行的是商品制度，工資制度也不平等，有八級工資制等等，這只能在無產階級專政下加以限制。所以，林彪一類如上臺，搞資本主義制度很容易。因此，要多看點馬列主義的書。」㊿列寧曾經表示，小生產是經常地、每日每時地、自發地和大批地，產生著資本主義和資產階級的。毛澤東則認為，工人階級和黨員的一部分，也有這種情

㊾馮友蘭，《三松堂自序》（二版二刷，北京：生活・讀書・新知三聯書店出版，一九八九年），頁一八九。

㊿毛澤東，「關於無產階級專政的理論」（一九七四年十二月二十六日），收入姜義華編，《毛澤東卷》（初版，香港：商務印書館有限公司，一九九四年），頁六四四。

況。既然無產階級和機關工作人員中，都有資產階級生活作風者，因此他要「興無滅資」，堅持左傾路線。至於按勞分配，本為社會主義經濟制度的基本特徵，此時也被打入「舊社會」的積習了。文革期間，大陸的工業生產下降，國民經濟也跌落谷底，而毛澤東不以為意，後期更推出了反右傾運動。

一九七五年一月五日，中共中央根據毛澤東的指示，發出該年第一號文件，任命鄧小平為中共中央軍委副主席，兼共軍總參謀長，任命張春橋為共軍總政治部主任。八月十四日，毛澤東表示《水滸》這部書，「好就好在投降。做反面教材，使人民都知道投降派」。江青等人據此，在《紅旗》雜誌和《人民日報》發表評論，以批判文革中的「投降派」為主題，影射周恩來與鄧小平等人。十一月一日，毛澤東聽取毛遠新批鄧的彙報後，提到有兩種態度，一是對文革不滿，二是要算文革的帳。㊿此後根據毛的意見，中央政治局部分委員開會批鄧，並停止其大部分工作。十一月三日，清華大學的中共黨委會開會，傳達毛對鄧的不滿。十一月二十日，中央政治局開會，評價文革，同時批鄧。十一月下旬，中共中央根據毛的指示，召開「打招呼會議」，宣讀了毛澤東審閱批准的講話要點，稱清華出現的問題絕非孤立，「這是一股右傾翻案風」。十一月二十六日，中共中央發下講話要點，正式提出「反擊右傾翻案風」。一九七六年二月二十五日，中共中央召開各省市、自治區和大軍區負責人會議，對鄧小平多所揭發和批判。三月三日，中共中央發出文件，公開批鄧。三月十日，《人民日報》發表社論，題為「翻案不得人心」，傳達毛澤東的話語，攻擊鄧小平。四月七日，

51 同19，頁四七二。

第一次天安門事件爆發後，中共中央政治局開會，根據毛澤東的提議，決議由華國鋒任中共中央第一副主席，並任國務院總理，同時決議撤銷鄧小平的黨內外一切職務。至此，毛澤東生前與鄧小平的恩怨告一了斷。

一九七五年十月至一九七六年一月，毛澤東為了維護文革，反擊右傾翻案風，發表了一連串講話，由毛遠新整理，經其本人審閱批准，代表他在文革後期的主要思維。毛澤東強調，在社會主義社會，階級鬥爭是綱，其餘都是目，而且資產階級就在共產黨內，「走資派還在走」。對於大陸的時局，他多所質問：「為什麼有些人對社會主義社會中矛盾問題看不清楚了？舊的資產階級不是還存在嗎？大量的小資產階級不是大家都看見了嗎？大量未改造好的知識分子不是都在嗎？小生產的影響，貪污腐化、投機倒把不是到處都有嗎？劉、林等反黨集團不是令人驚心動魄嗎？」❺❷凡此問題的解決之道，就是階級鬥爭四個字，文革的對手，更增強了他的想法：「文化大革命是幹什麼的？是階級鬥爭嘛。劉少奇說階級鬥爭熄滅論，他自己就不是熄滅，他要保護他那一堆叛徒、死黨。林彪要打倒無產階級，搞政變。熄滅了嗎？」❺❸至於一百年後、一千年後還要不要革命？他的答案是肯定的，甚至一萬年以後，矛盾也是看得見的。於是，無產階級繼續革命論仍唱不絕。

一九七六年三月底起，大陸人民在飽受文革的煎熬之餘，藉悼念周恩來的名義，在天安門廣場示威。四月五日上午，群眾湧向人民英雄紀念碑等處，並衝入廣場東南角的聯合指揮部，下午更以

---

❺❷ 毛澤東，「階級鬥爭是綱，其餘都是目」（一九七五年十月至一九七六年一月），收入❺⓪引書，頁六四七。

❺❸ 同❺❷。

火焚之。晚間，中共民兵接到北京市革委員的命令後，在軍警的配合下，「實行無產階級專政」，即當場屠殺人民。事後，北京衛戍區動員部隊，在廣場清洗了三天以上的血跡，並展開追捕行動，直到四人幫本身被捕為止。四月四日是星期天，天安門廣場的花海人潮中，觸目都是詩詞和條幅，包括「中國已不是過去的中國，人民也不是愚不可及，秦始皇的封建社會已一去不返了」。由此可知，運動雖以悼周的形式出現，箭頭則指向毛澤東及其體制，這對於自認「超過秦始皇一百倍」的統治者而言，無異最大的掌摑。運動發生在中共建立政權後的二十七年，證實了大陸人民在長期隱忍下的不甘就範，也暴露了中共統治的不穩，它為文革奏起了輓歌，也加速了毛澤東的死亡。

一九七六年六月十五日，毛澤東已重病在身，在召見華國鋒、王洪文時，提到一生做了兩件事：「人生七十古來稀，我八十多了，人老總想後事，中國有句古話叫蓋棺論定，我雖未蓋棺也快了，總可以論定了吧！我一生幹了兩件事。一是與蔣介石鬥了那麼幾十年，把他趕到那麼幾個海島上去了。抗戰八年，把日本人請回老家去了。打進北京，總算進了紫禁城。對這些事持異議的人不多，只有那麼幾個人，在我耳邊嘰嘰喳喳，無非是讓我及早收回那幾個海島罷了。另一件事你們都知道，就是發動文化大革命。這事擁護的人不多，反對的人不少。這兩件事沒有完，這筆遺產得交給下一代。怎麼交？和平交不成就動盪中交。搞得不好，後代怎麼辦？就得血雨腥風了。你們怎麼辦，只有天知道。」㊴這段講話是《毛澤東卷》的終篇，稍後的一九七六年九月九日，毛澤東即告辭世，

㊴毛澤東，「一生幹了兩件事」（一九七六年六月十五日），收入㊿引書，頁六五三。此處謂具體時間不詳，一說一九七六年一月十三日，一說一九七六年六月十五日，經查證《文化大革命詞典》等書，當為後者。

蓋棺前的自論，部分獲得了印證。文革由其發動而來，隨其撒手而去，其間一片腥風血雨，已被定位為一場浩劫，果然在動盪中結束。一九七六年九月下旬，華國鋒、葉劍英、李先念、汪東興等人，研商部署粉碎四人幫。十月六日，中共中央政治局逮捕江青、張春橋、姚文元、王洪文，十年文革至此，大體走向了盡頭。正如毛澤東所說，文革這事，擁護的人不多，反對的人不少。其生前如此，死後更須面對廣大人民和歷史的審判了。

## 五、結論

一九六八年七月二十八日，毛澤東接見「首都紅代會」負責人聶元梓、譚厚蘭、韓愛晶、王大賓等，席間談到工人鎮壓紅衛兵，而黑手抓不出來時，毛澤東直言：「黑手就是我嘛！」[55]這是對紅衛兵先利用後迫害的自供，他派了三萬人進入大學校園，其中包括新華印刷廠、針織總廠和中央警衛團。這雙文革最大的黑手，十年間造成至少三萬四千八百人的死於非命，以及五千億人民幣的經濟損失。[56]文革製造了數以百萬計的冤假錯案，被株連的群眾達一億人，[57]其身心受到傷害的慘

---

[55] 毛澤東，「召見首都紅代會負責人的談話」（一九六八年七月二十八日），收入[45]引書，頁六八七。

[56] 嚴家其、高皋合著，《文化大革命十年史》（下冊），修訂新版（初版，臺北：遠流出版公司，一九九〇年），頁八八五。

[57] 同[3]引書，頁三一八。

狀可知，謂為中國有史以來最黑暗的十年，亦不為過。至於文化遺產的摧殘，更難以統計，此處僅舉一例，即令人痛心疾首：戚本禹指使譚厚蘭，聚眾赴山東曲阜孔子故居打砸搶，共毀壞文物六千多件，古書二千七百多冊，字畫九百多軸，歷代石碑一千多座，其中有國家一級保護文物七十多件。❺❽毛澤東贊成秦始皇，不贊成孔子，於此表現得淋漓盡致，千古罪人之稱，實當之無愧。

文革前期，毛澤東以倒劉為主要職志。劉少奇由於改善民生，廣獲民心，使得「偉大領袖」相形見絀，毛恨之欲其死，但又不可一殺了事，必須扭轉億萬人民對劉的評價，這就要從事意識形態的鬥爭，在靈魂深處鬧革命。劉在文革前夕，得以位極人臣，正因長期効忠於毛。一九四三年七月四日，劉少奇在「清算黨內的孟什維主義思想」一文中，第一個提出了「毛澤東思想」這個概念。❺❾一九四五年四月二十三日至六月十一日，中共召開七大，毛澤東思想正式成為全黨的指導思想，以及一切工作的指針，而且寫進了黨章。時至今日，它仍是四項基本原則的一部分，中共奉為「國策」，也稱之為「擎天柱」。劉少奇曾坐第二把交椅，說明其有貢獻於毛澤東。然而，毛向來好大喜功，劉後來卻功高震主，因此埋下了殺身之禍。一九八〇年二月二十三日至二十九日，中共舉行十一屆五中全會，決議為劉平反。五月十七日，中共中央為劉舉辦追悼會。凡此悼死慰生的動作，有人視為遲來的正義，卻無法生死人而肉白骨了。

---

❺❽同❸引書，頁一八五。

❺❾「『毛澤東思想』的科學概念是誰最先提出的？」收入方曉主編，《中共黨史辨疑錄》（上冊・新民主主義時期）（初版三刷，山西：教育出版社，一九九二年），頁六八〇。

文革中期和後期，毛澤東以批林為主要職志。林彪一如劉少奇，素對毛忠心耿耿，不似周恩來，早期尚有反毛的紀錄。一九二七年八月南昌暴動後，林彪率部上井岡山，接受毛的領導，緊密相隨。在所謂第二次國內革命戰爭時期，他反對三次的左傾機會主義；在抗戰時期，他反對王明的右傾機會主義；在國共戰爭時期，他反對所謂劉少奇、彭真的右傾機會主義；在一九四九年以後，他反對彭德懷、高崗、饒漱石的「反黨聯盟」。❻⓿上述種種鬥爭，由毛澤東直接領導，林彪則亦步亦趨，堅定執行。林彪主持軍委工作後，又發揚毛澤東古田會議的建軍思想，提出四個第一、三八作風、四好連隊、五好戰士，重整三大紀律、八項注重，倡導把共軍建成毛澤東思想大學校。一九六一年，他首先在軍中出版毛語錄。一九六五年，他揭發羅瑞卿的「反革命陰謀」。一九六六年，他委託江青召開部隊文藝座談會，對抗彭真的「二月提綱」，凡此都推動了文革的前進。文革前期，他由於倒劉有功，獲得毛的讚揚，因此在中共九大通過的黨章中，明定為接班人。林彪可謂一介武夫，既奉命接班，乃有所部署。毛本多疑，至此深感自己生前，已有人代為料理後事了。毛澤東的複雜心情，林彪渾然不覺，憨然不察，終亦有殺身之禍。林彪死於毛澤東之手殆為定局，死因則未必如官方所公布者。欲加之罪，何患無辭，毛澤東於此，經驗實豐。

一九八一年六月二十七日至二十九日，中共舉行十一屆六中全會，正式蓋棺論定毛澤東。該會通過「關於建國以來黨的若干歷史問題的決議」，對文革的主要看法是：一場由領導者錯誤發動，被反革命集團利用，給黨、國家和各族人民帶來嚴重災難的內亂。對毛澤東的主要看法是：文革是

❻⓿同㉝引書，頁三。

毛澤東發動和領導的，對於這一全局性的、長時間的左傾嚴重錯誤，毛澤東負有主要責任。但是，他的錯誤終究是一個偉大的無產階級革命家所犯的錯誤。他在全局上一直堅持文革的錯誤，但也制止和糾正過一些具體錯誤，保護過若干黨的領導幹部和黨外著名人士，使負責幹部重新回到崗位。他領導了粉碎林彪反革命集團的鬥爭，也對江青、張春橋等人進行過重要的批評和揭露，不讓他們奪取最高領導權的野心得逞，這些都對後來粉碎四人幫起了重要作用。他的其餘內外政策，也發揮了重要影響。「因為這一切，特別是因為他對革命事業長期的偉大貢獻，中國人民始終把毛澤東同志看作是自己敬愛的偉大領袖和導師。」❻❶也正因為如此，毛澤東的巨像，現仍懸掛在天安門上，成為中共的圖騰。偉大領袖的偉大錯誤，在這篇決議推出後不久，大陸官方已將其束之高閣，且不容民間紀念文革。遺忘，是官方的願望。

毛澤東身兼中共的列寧與斯大林，此一歷史地位已不易改變。因此，過去的俄共可以徹底檢討斯大林，今天的中共卻無法全面否定毛澤東。中共推崇他的思想，重印他的著作，紀念他的誕辰，奉若國父。中華民國的國父孫中山先生，良醫興國，活人無算。「中華人民共和國」的國父毛澤東，流氓治國，死人無算。「死人的事是經常發生的」，他持此一念，對敵人乃至同志都不手軟，晚年更高唱「不須放屁，試看天地翻覆」，文革即其最大、最後的演出，造就了中國人的血淵骨嶽，冤魂

❻❶「中國共產黨中央委員會關於建國以來黨的若干歷史問題的決議」（一九八一年六月二十七日，中國共產黨第十一屆中央委員會第六次全體會議一致通過），收入中共中央文獻研究室編，《三中全會以來重要文獻選編》（上冊）（初版，吉林：人民出版社，一九八二年），頁八一六。

遍及城市與鄉野。中共現仍說：「他的功績是第一位的，錯誤是第二位的。」[62]這樣的評價，拉大了中共與中國人的距離，文革的冤魂也就無法安息。毛澤東與文革的議論，勢將因此而延續，直到歷史出現了光明。

---

[62] 同[61]引書，頁八二五。

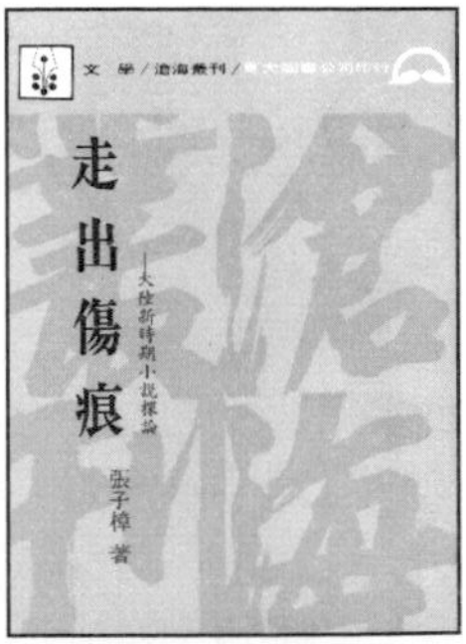


# 走出傷痕——大陸新時期小說探論　張子樟　著

海內外文藝評論家常以「傷痕」、「反思」與「尋根」三個階段來評論文革後的大陸小說。本書採用另一角度，以作品表達之共同現象——「疏離」、「調適」與「超越」——為研究方向。「疏離」現象強調「自我」的失落、人性的沉淪與集體的疏離；「調適」現象探討人在大動亂中，在不同遷移情境中，調適自己的心態；「超越」現象則以文化意識與自我意識來觀照「生」與「死」，並論及表現手法的突破與超越，再進一步研究重要角色的自我超越現象。論述之宗旨依然在凸顯人性的普遍性與恆久性。

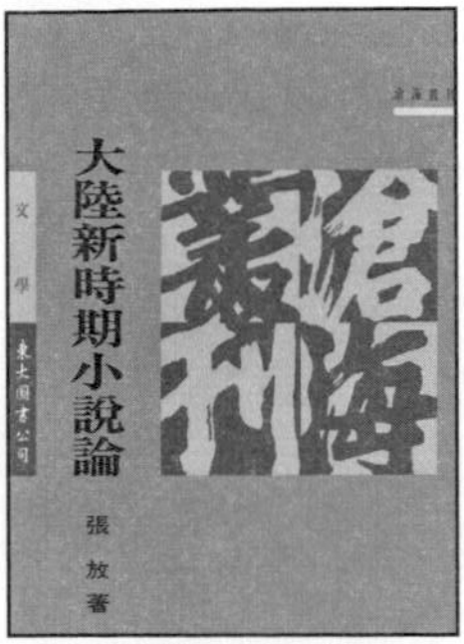


# 大陸新時期小說論　張　放　著

上個世紀八〇年代，大陸文學評論界稱為「新時期文學」。此時期的小說，從形式到內容都有巨大的變化。有些小說家吸收了傳統寫實主義的優美風格，繼承並發揮作家體驗生活與反映生活的功能；但也有些小說家則模仿西方文學寫作技巧，因襲西方作家頹廢的、角落的思想意識，因此雖是百花齊放，卻形成一派真偽不明的混亂局面。本書是作者客居菲律賓南島之作，針對八〇年代大陸短、中、長篇小說，挑選出具有代表性的作品，不但作出客觀的介紹，更總結其研究與批判。

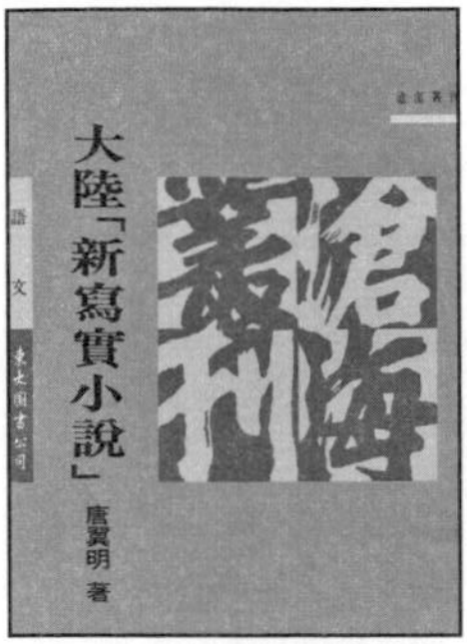


# 大陸「新寫實小說」　唐翼明　著

「新寫實」是大陸文壇二十世紀八〇年代後期出現的新潮流，它標誌著大陸新時期文學（1977～1989）的結束和後新時期（1989～）的到來。本書不僅透闢地論述了「新寫實」的本質特徵及其出現對大陸文學的意義，而且詳細介紹了新寫實小說的代表作家及其作品。不論對於有心研究大陸文學的人，或是對大陸當代小說有興趣的讀者，本書都值得一讀。

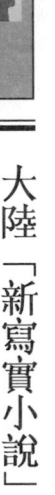

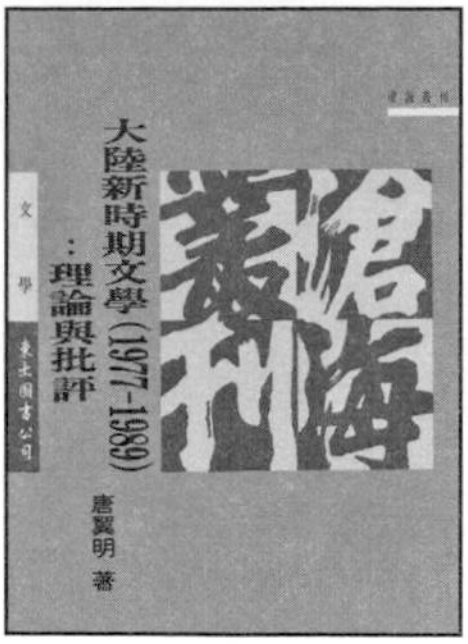


## 大陸新時期文學（1977～1989）：理論與批評　唐翼明　著

大陸新時期（1977～1989）的文學高舉思想解放的旗幟，本質上則是一種反叛，反叛中共（尤其是毛澤東）加諸文學的種種桎梏，也反叛自身先前的異化，從工具回歸本體，十餘年中，它經歷了一段艱難曲折卻也成果累累的歷程。本書從理論與批評的角度，為這段不平凡的歷程勾畫出一個簡明扼要的輪廓，為欣賞與研究大陸新時期文學提供了一個可靠的嚮導。

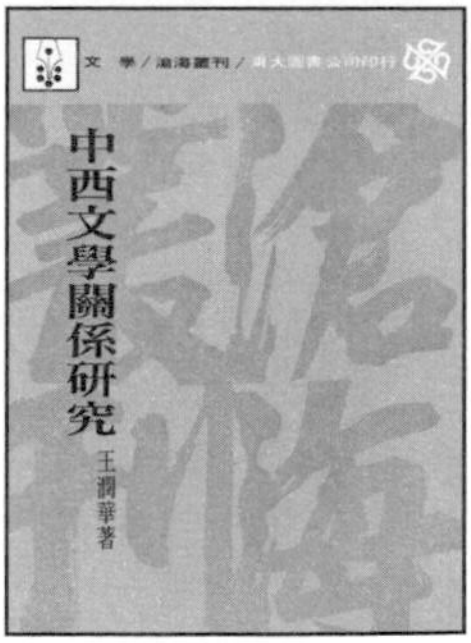


## 中西文學關係研究　王潤華　著

本書匯集十六篇論文，以研究中國文學與中西文學的關係為主軸，傳統、現代兼而有之。作者從近年來被肯定為研究中國文學新途徑的比較方法著手，超越時間、語言與國家的界限，更打破傳統上的約束和壞習慣來考察文學問題；而比較文學中重大命題如類同、傳統和影響，亦可在書中找到研究的範例。全書篇篇為紮實之學術論文，然透過作者綿密、有條理的解析，通俗性、可讀性均高。

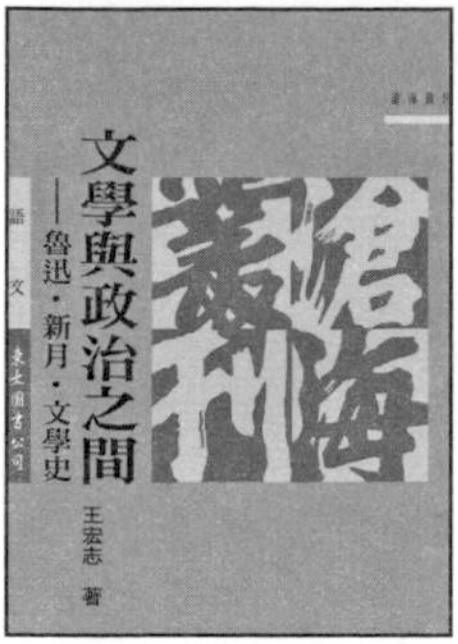


## 文學與政治之間——魯迅・新月・文學史　王宏志　著

本書所收文章，以魯迅、新月派、中國左翼作家聯盟及一些文學史現象為題，著意探討現代中國文學與政治錯綜複雜之關係，針對部分中國大陸學者為配合政治形勢和需要，而對學術研究任意扭曲的行徑，作者以大量的原始資料、客觀縝密的態度，深入分析，並有力地駁斥一些長久以來被視為權威的論點。「打破公論、挑戰權威」，是作者在這些文章中力求體現的精神。書前的代序，總論晚清至抗戰期間文學活動與政治力量相互磨擦及影響的現象。

# 現代散文欣賞　鄭明娳　著

現代散文研究大家鄭明娳教授曾經慨嘆：「散文不若小說、新詩一直都有學者、作家在理論上不斷辯證論爭。散文一直被排除在文學論爭之外，也就是關懷之外。」於是他義無反顧的投入散文理論的構建工作。首先，他嘗試對當代散文作品作抽樣分析，期能從中進一步建立完整的理論系統。本書對於朱自清、琦君、余光中、季季、劉靜娟……這些名家或新秀之作，或論其風格，或析其單篇。舉凡作者思想情感與作品字質結構，皆在批評中剖現應有的光度。這是作者對散文奉獻的一分心力；也是散文國度裡，一朵期待秋實的蓓蕾。